AMOR EM DOIS TEMPOS

A marca FSC® é a garantia de que a madeira utilizada na fabricação do papel deste livro provém de florestas que foram gerenciadas de maneira ambientalmente correta, socialmente justa e economicamente viável, além de outras fontes de origem controlada.

LIVIA GARCIA-ROZA

Amor em dois tempos

Companhia Das Letras

A autora agradece ao amigo e ensaísta Sylvio Lago as sugestões referentes às passagens musicais.

Grafia atualizada segundo o Acordo Ortográfico da Língua Portuguesa de 1990, que entrou em vigor no Brasil em 2009.

Capa
Rita da Costa Aguiar

Foto de capa
SuperStock/ Latinstock

Preparação
Ciça Caropreso
Márcia Copola

Revisão
Valquíria Della Pozza
Thaís Totino Richter

Os personagens e as situações desta obra são reais apenas no universo da ficção; não se referem a pessoas e fatos concretos, e não emitem opinião sobre eles.

Dados Internacionais de Catalogação na Publicação (CIP)
(Câmara Brasileira do Livro, SP, Brasil)

Garcia-Roza, Livia
Amor em dois tempos / Livia Garcia-Roza. — 1ª ed. —
São Paulo: Companhia das Letras, 2014.

ISBN 978-85-359-2486-2

1. Ficção brasileira I. Título.

14 - 08770 CDD - 869.93

Índice para catálogo sistemático:
1. Ficção: Literatura brasileira 869.93

[2014]

EDITORA SCHWARCZ S.A.
Rua Bandeira Paulista, 702, cj. 32
04532-002 — São Paulo — SP
Telefone: (11) 3707-3500
Fax: (11) 3707-3501
www.companhiadasletras.com.br
www.blogdacompanhia.com.br

Para Leila B. Brazil

O amor continua porque não sabe onde parar.

1.

Sou uma senhora, não propriamente idosa, mas uma senhora. Moro em uma casa confortável de altos e baixos no bairro dos Jardins, em São Paulo, e vivo com relativa tranquilidade — digo "relativa" porque sou mãe —, tanto quanto se pode viver nos dias atuais, quando súbito a vida me revelou sua face, real. De um momento para outro, deu-se o desenlace de meu marido. Nada indicava que isso fosse acontecer. Apesar dos seus quase oitenta anos, Conrado sempre teve boa saúde e hábitos saudáveis.

Ao vê-lo morto, sobreveio a angústia. Não amadurecemos para nenhuma perda. Não fosse meu filho ter vindo em meu socorro, não sei como reagiria, mas Carlos Ozório sabe lidar com situações difíceis. Assim que dei a notícia, ele voltou ao Brasil.

Quando chegou, nos abraçamos e, me acarinhando a cabeça, meu filho me tranquilizou. Em seguida perguntou onde estava o pai. Respondi, e ele foi vê-lo. Deixei os dois a sós. Pouco depois ele voltou, me beijou e foi tomar as providências para a remoção do corpo de Conrado. Que dias aqueles! Que dias...

* * *

Como se intuísse seu fim próximo, Conrado havia me encarregado de uma missão, trabalhosa: levar suas cinzas para Salvador, na Bahia, quando ele morresse. Seu único e reiterado pedido. A par da vontade do pai, meu filho disse que cuidaria de toda a burocracia, deixando-me destinada a parte final. Eu teria que me deslocar de avião até a Bahia, o que não era pouco para mim. Embarcaríamos, Hilda e eu, tão logo a papelada estivesse pronta e as cinzas me fossem entregues. Logo após a cremação, eu já me encontrava de posse do documento que me autorizaria a levá-las, caso o exigissem no momento do embarque. Agíamos como autômatos, meu filho e eu. Carlos Ozório me comunicou que em alguns dias eu já poderia começar os preparativos da viagem; ele tomaria as providências necessárias, reservando hotel e garantindo que as passagens me fossem entregues em casa.

"Está tudo bem, mamãe", disse, tentando me apaziguar, talvez com medo de me perder também.

Hilda, amiga de longos anos que se dispusera a me acompanhar à Bahia, foi de uma solidariedade sem limites. Uma verdadeira sentinela amorosa. Contando então com o apoio incondicional desse pilar, assim como com o de meu filho, enfrentei o período mais turbulento de minha vida. A perda de meu marido. Que se foi como viveu: discretamente. Assistíamos ao noticiário da televisão, quando sua cabeça tombou de lado. Pensei que houvesse cochilado, pois seus cochilos haviam se tornado um hábito já fazia alguns anos; apoiava o queixo na mão e dormia a sono solto. Continuei assistindo ao jornal em silêncio, sentindo dentro de mim os sobressaltos de sempre. Viver em uma cidade como São Paulo exaure qualquer um.

Desse momento em diante, as recordações são esparsas. De uma hora para outra, me vi rodeada por desconhecidos, entre eles um médico que me fazia perguntas para as quais eu não tinha resposta. Eu pairava em torno daquele acontecimento. Uma das moças que trabalhavam em nossa casa, percebendo meu estado, veio em meu socorro. Nesse momento de desespero contido, vi que Hilda, em soluços, se aproximava para me abraçar. Invariavelmente saio doída de seus abraços. Em seguida, acomodou-se em uma das poltronas sem nada dizer. E não saiu mais de nossa casa. Não me recordo do que tantos disseram, talvez nem tenham dito tantas coisas assim, mas eu me agarrava a cada palavra ouvida.

Desse dia em diante despenquei para dentro. Lá, Conrado vivia.

Casei-me com dezoito anos e depois de apenas três meses de namoro. A época era outra, casamento e filhos consistiam no ideal de toda moça, e eu não fugi à regra. Conheci Conrado em uma festa de debutantes, muito em voga naquele tempo; fiquei encantada em despertar o interesse de um rapaz mais velho e bonito como ele. Parecia um artista de cinema. No dia seguinte, Conrado foi à minha casa pedir-me em namoro. O máximo que meus pais consentiram foi que namorássemos em casa. Lembro de uma noite em que dançamos sozinhos na sala todas as músicas de um long-play do Ray Charles. Nossos dias de namoro foram rápidos e intensos, recordo-me muito pouco deles; logo nos vimos às voltas com os preparativos do casamento.

Eu sonhava com a lua de mel. De início, meus pais resistiram à ideia de eu me casar, ponderando que ainda era jovem e imatura para dar um passo tão decisivo. Mas Conrado tratou de seduzi-los, e eles eram facilmente seduzíveis. Não demorou, mamãe mostrava-se encantada com o futuro genro e papai não se cansava de elogiá-lo para todos, dizendo que Conrado era um rapaz correto, trabalhador, digno e de boa índole. Sua filha faria um excelente casamento. Daria minha mão de bom grado. Conrado agradou aos dois. Como marido agradaria a mim também?

Nos primeiros dias de casamento, vivemos uma felicidade quase infantil na casinha que Conrado alugara para nós no litoral paulista. Jogos, brincadeiras, e risadas, muitas risadas. (Quem seria o Conrado daqueles dias? Ou em quem se transformaria depois?) Passada a lua de mel, acreditei que nossa alegria fosse durar para sempre, mas à medida que os dias transcorreram ela foi nos deixando e meu marido silenciou. Seria ele um agente secreto? Ou quem sabe encarnava algum personagem infantil? Meninos gostam dessa brincadeira e meninas também. Tive uma amiga que acreditava ser a Alice de *Alice no País das Maravilhas*. Eu também tinha sido uma bailarina famosa. Vivia com um lenço comprido em volta do pescoço, dançando na varanda de casa, até minha avó me contar que essa bailarina se enforcara com a própria echarpe. Fim da vida de bailarina.

Um dia tomei coragem e contei a Conrado que eu achava que ele tinha alguma identidade secreta. Ele respondeu, sem sorrir, que não andava às voltas com nenhuma atividade secreta, apenas trabalhava muito. Concluí que meu marido não gostava de brincadeiras. Que a alma dele morava em outro lugar, ou que a minha se enganara de endereço.

Conrado era mesmo um advogado de firmas estrangeiras, e não o agente secreto que eu imaginara e que até desejei que fosse, eu teria tido uma vida bem mais interessante a seu lado... Ele era um homem totalmente previsível: saía para o escritório todos os dias na mesma hora e, no começo da noite, voltava para casa na mesma hora. Todos os dias era assim. Em um raro dia que chegou atrasado ao escritório, comentou que achava que iriam lhe cortar o ponto. Eu ri e ele continuou sério. Humor não fazia parte do seu repertório. Bela coisa eu arranjara para a minha vida... Um marido que só pensava nos afazeres que tinha pela frente. E ele sempre tinha algo a fazer. Estabelecia metas e não se afastava do caminho que havia traçado para alcançá-las. Vivia como se cumprisse uma missão. Era o homem mais disciplinado que eu tinha conhecido. Mas também eu não havia conhecido tantos homens assim; não houvera tempo. Apenas meu pai, meus tios e Laurinho, meu vizinho, meu melhor amigo de infância.

Embora tenhamos convivido durante décadas, Conrado permaneceu um desconhecido para mim, apesar dos meus esforços para me aproximar dele. Citei várias características de meu marido, porém faltou mencionar sua discrição, sua reserva e perene atenção. Nada lhe passava despercebido. Uma vez sonhei que eu entrara dentro de sua alma. Um tumulto, o que vi lá, o oposto do que ele demonstrava. Mesmo naquela desordem, descobri umas gavetinhas, entre as quais havia uma onde estava escrito: "Sonhos". Quando a abri apareceu um anjinho, que devia ser o anjo da guarda dele quando menino, pedindo que eu não prosseguisse. Nesse instante, acordei. Não contei o sonho a Conrado, com medo de que ele me achasse infantil. E eu era. Disfarçava o quanto podia, mas ele, sempre observador, percebia.

Acima de tudo, Conrado tinha pavor de que lhe invadissem a privacidade e tomava todas as precauções para que isso não ocorresse. Detestava visitas, quer dizer, não gostava de gente (tampouco de animais), embora fosse extremamente gentil com todos. Disfarçava como poucos. Não queria se privar de si mesmo um momento sequer. Conrado não se largava. Conrado, que amava Conrado, que amava Conrado, que gostava de Vívian, que sou eu. Quando eu o chamava, ele custava a sair de si mesmo. Precisava esperar que ele se desembaraçasse de si próprio, que me visse, para que pudesse me responder. Uma operação complicada. O pior, porém, era seu silêncio quase absoluto.

Ininterrupto, regular, constante. Demorei a perceber que sua fala era feita de informações. E sobretudo de fazer perguntas, todas objetivas. Sempre atento ao que o circundava. Enfim, meu marido me escapava de todas as maneiras; pior do que isso, deixava-me entregue a mim mesma. E eu não era uma boa companhia para mim. Na casa de meus pais, nunca tinham me perdido de vista. Não só mamãe vivia atenta a mim, como também meu pai. Os professores também se preocupavam comigo. Segundo se dizia, eu tinha ideias extravagantes. Talvez temessem que eu também tivesse comportamentos extravagantes.

Enfim, todos esperavam outra de mim. Eu também.

Meu marido, portanto, vivia em outro mundo, ao qual ao mesmo tempo eu pertencia e não pertencia. Estava, e de repente se ausentava. E eu não sabia ficar comigo. De vez em quando, eu ia conversar com meu pai à tarde. Nessa época, já aposentado como advogado, ele passava boa parte do tempo em casa, enquanto mamãe lecionava teoria musical na Escola de Música. Eu e meu pai sempre nos demos bem. Lembro que quando anunciei que Conrado havia me pedido em casamento, papai abriu bem os braços (sempre teve gestos largos) e perguntou: "Não há nada mais que eu possa fazer por você, minha filha?"...

Em uma dessas tardes, contei-lhe o que se passava em casa, ou melhor, o que não se passava.

"Seu marido não fala com você?"

"Não", respondi.

"Nada?", ele perguntou.

"Nada."

"Nem 'me passa o sal'?"

"Pai..."

Ele continuou:

"Mas que coisa esplêndida! Assim ele te dá a oportunidade de conversar com outras pessoas, de alargar seu horizonte."

Depois de haver constatado que belo casamento eu havia feito, ele me aconselhou:

"Fique firme, minha filha. Fique firme."

Naquele instante, não gostei do que meu pai disse. Mas, com o passar do tempo (o redutor das grandes coisas), vi que ele estava certo. Comecei a expandir meus laços afetivos e assim construí amizades, entre elas com Hilda. Pena ela sofrer de uma gagueira incurável. Dificílimo nos estendermos nas conversas. Mas antes de me beneficiar das palavras de meu pai, acusava meu marido de ser frio, seco, distante.

"A diferença é o princípio segundo o qual as relações florescem", Conrado um dia limitou-se a retrucar.

O que ele queria dizer com essa frase? As poucas coisas que ele dizia sempre me faziam pensar. Porém, mais do que palavras, o que eu desejava era que ele me abraçasse, me fizesse carinho, dissesse que me amava... de preferência, todos os dias. Se possível, várias vezes por dia. Quando fazíamos amor, na verdade não fazíamos amor, Conrado não nascera para o carinho, o abraço, a lentidão dos afetos. Que ideia triste ele devia fazer do amor... Lembro de um dia em que eu estava lendo na poltrona próxima à janela da sala, quando o vi caminhar na minha direção; tive certeza de que ele ia me beijar, mas ele passou por mim e foi à janela consultar o tempo. Fiquei sentada ali, estatelada, arrasada. Depois, ele vestiu uma bermuda e saiu para caminhar.

Fiquei firme, como meu pai queria. Com que sacrifício! Conrado, entretanto, sempre se manteve firme com a maior naturalidade. Nasceu poste, e poste não responde. Uma das vezes em que me queixei a ele, disse o quanto me sentia infeliz e que meus sonhos não tinham se realizado.

"Nós o realizamos", disse ele, sorrindo em seguida seu sorriso meteórico.

Conrado e suas frases. Provavelmente se referia ao nosso casamento.

Assim era meu marido. À exceção da hora do jantar, quando então ele se transformava. Ao tomar vinho, virava outra pessoa: amável, falante, gentil, embora não a ponto de se tornar amoroso. Quase, digamos. O fato foi que passei a amar as noites e a ansiar por elas, concluindo que o vinho era o que nos mantinha casados. *In vino veritas!*, como diz o ditado.

Eu me sentia cada vez mais só, muito só, e comecei a querer um filho. Na época, não existiam anticoncepcionais, e, embora estivéssemos casados havia muitos anos, eu não engravidava. Inúmeras vezes eu disse a Conrado que desejava ter um filho. Ele abria bem os olhos, fazendo-os crescer ainda mais (tinha olhos grandes), e pousava-os em mim sem dizer nada. Não gostava que eu tocasse no assunto, e, quando eu voltava a falar de como queria um filho, à menor oportunidade ele se afastava, alegando uma tarefa qualquer. Um dia decidi me consultar com um ginecologista. Conrado concordou. A ideia de eu falar sobre isso com outra pessoa deve tê-lo aliviado, acreditando que assim eu o deixaria em paz. Foi o que fiz. Depressa. Alguma coisa me dizia que minha saúde dependia de eu me tornar mãe. E estava certa.

Saí da consulta cheia de esperanças. O médico constatara que, aparentemente, nada havia de errado comigo, mas achou que seria importante eu e meu marido nos submetermos a alguns exames. Ao chegar em casa, esperei ansiosa Conrado voltar do escritório. Não queria tratar do assunto por telefone. Assim que a chave girou na fechadura da porta de entrada, fui ao encontro dele abraçá-lo, beijá-lo, e contar a novidade, embora soubesse que ele não gostava de manifestações efusivas. E eu, ao contrário dele, praticamente só sabia demonstrar minhas poucas satisfações com alarido.

Depois do ritual de lavar as mãos e guardar a pasta, Conrado sentou-se para me ouvir. Logo que mencionei a necessidade de nós dois fazermos exames, ele teve um leve estremecimento de pálpebras, sinal de que não gostara do que acabara de ouvir. Mesmo assim se dispôs a ir ao médico. Quase bati palmas, mas segurei o arroubo. Na semana seguinte, nós dois fizemos os exames e, passados alguns dias, veio o resultado. Nada havia de errado comigo nem com ele também. Por que então eu não engravidava? Qual seria o problema? Cheguei a me lembrar de que existem casais que não conseguem ter filhos juntos, mas conseguem tê-los quando formam outros pares. Seria esse o nosso caso? Cruel. Não comentei nada disso com meu marido. Quando eu eventualmente resvalava nesse assunto, Conrado dizia para deixarmos a natureza agir. Mas que natureza mais lerda...

Minha vida se tornara tediosa. Todos os dias iguais, pontuais. À noite, eu não me cansava de sugerir a Conrado posições diferentes para a nossa relação sexual, e ele, aborrecido, atendia. Eu dormia, acordava, mas continuava a mesma, sem barriga. Vivia para os cuidados com a casa e com meu marido, embora ele dispensasse os que lhe diziam respeito. Fazia questão de se mostrar independente. Até costurar suas próprias roupas, Conrado costurava. Um dia cheguei em casa e o encontrei fazendo a bainha de uma de suas calças. Um espanto.

Os dias se passavam assim, nessa mesmice, quando em um deles um solzinho raiou na minha cabeça, e me ocorreu a ideia de escrever. Não fui uma menina leitora, tal o interesse que eu tinha pelo mundo que me rodeava. Tudo me atraía. Não conseguia entender como alguém podia se isolar da vida para ler. Mas agora eu estava casada, vivia outro momento e, com a vida monótona e solitária que levava, precisava encontrar um interesse exclusivamente meu. Lembrei que minha mãe sempre me dizia que eu devia escrever, mencionando um prêmio de redação que eu havia ganhado no colégio. Estimulada, comecei a contar a história de uma menina que ia ficando fraca, fraca, até se desmilinguir. Mas eu estava longe de imaginar que escrevia um livro! Ao terminar o que eu achei que podia ser um capítulo, resolvi submetê-lo à apreciação de Conrado. Conhecia seu rigor com textos. Quando terminou a leitura, ele disse: "Mas que bagunça o quarto dessa criança!".

Me assustei com o comentário, porém em seguida concluí que um quarto de menina não podia mesmo estar arrumado. Estou no rumo certo!, pensei. E fui em frente. Foi assim que publiquei meu primeiro livro. E outros vieram. Quando eu escrevia, não sentia falta de nada, tinha companhia e o tempo passava. Minha vida se sustentava na imaginação. Escrevia noite e dia. Aos poucos, sem me dar conta, fui me tornando uma autora.

Quando Conrado chegava e invariavelmente me encontrava escrevendo, corrigia minha postura, sempre atencioso, preocupado com meu bem-estar. Carinhoso, jamais. E também não perguntava sobre o que eu escrevia. Várias vezes tentei lhe contar, discutir com ele uma história, mas ele me interrompia, dizendo que seria melhor eu não contar, se pretendia escrever sobre aquilo. Quando se fala sobre alguma coisa antes de realizá-la, ele dizia, corre-se o risco de não terminá-la. Assim ele era: um homem exato.

Durante o tempo em que vivi debruçada sobre minhas histórias, descobri que havia engravidado. Finalmente! No dia, desmaiei assim que obtive a confirmação. Ao me recobrar, repetia sem cessar: grávida! Grávida! Como acreditar que aquilo era possível depois de tanta espera?... Eu estava às voltas com a comemoração dos quarenta anos de Conrado e, embora ele quisesse uma reunião com poucas pessoas, mesmo assim eu estava ocupada com os preparativos quando chegou o exame com a notícia da gravidez. Um filho, a joia que me enfeitaria para sempre. E que presente de aniversário para o meu marido... Eu teria o meu esperado bebê!

De um momento para outro, meu mundo se expandiu; eu explodia de alegria. Saí rodopiando pela casa, esfuziante, sob o olhar tenso de Conrado. Mas a seu modo ele também ficou feliz e sorriu mais naquele dia. À noite, sem que eu percebesse, pediu que uma das moças que trabalhavam conosco pusesse uma velinha em cima da torta que ele havia comprado. Na hora da sobremesa, Conrado trançou os dedos das mãos uns nos outros e, batendo nos indicadores como se estivesse me aplaudindo, cantou parabéns para mim. Em voz baixa, como era do seu feitio. Meu marido era um homem bom, eu sabia que ele gostava de mim, por que eu vivia sonhando com o que ele não podia me dar? Com lágrimas escorrendo, eu retribuí: "Parabéns, papai!". Pela primeira vez notei que ele se emocionara. Disfarcei, para não constrangê-lo.

Depois desse dia, Conrado passou a chegar cedo em casa e a dobrar o número de perguntas que me fazia. A se preocupar ainda mais com o meu bem-estar. Quem sabe quando nosso filho nascesse ele sairia de seu mutismo? Ninguém resiste aos encantos de um bebê... Espalhei a novidade. Telefonei para as pessoas, contando que iria ter o meu sonhado bebê, o meu primeiro filho! O meu querido Ozorinho. Como era bom me sentir feliz... Quantas e quantas vezes sonhara em ter um bebê... Já havíamos escolhido o nome, Carlos Ozório. Carlos era o nome do pai de Conrado, e Ozório o nome do meu pai. Mas essa é outra história. Nossa história mais bonita.

O tempo passou e, quando Ozorinho tinha por volta de dez anos, de um dia para outro nosso mundo sofreu uma reviravolta. Sei que problemas existem, nunca pretendi uma vida sem eles, mas o que ocorreu, sobretudo levando-se em conta o temperamento de Conrado, sempre esteve fora das minhas cogitações. Temos uma vaga ideia do que pode nos acontecer, assim jamais me passou pela cabeça que, com cinquenta anos, meu marido fosse se encantar com outra mulher. Vez ou outra eu percebia um certo ruflar de asas, mas logo elas sossegavam. Dessa vez, porém, foi diferente, e não houve necessidade de que ninguém viesse me contar porque eu mesma percebi: de uma hora para outra, Conrado tornou-se ainda mais ausente, mesmo nos momentos em que estávamos juntos. Além disso, volta e meia o telefone tocava, eu atendia e uma voz feminina ou dizia que era engano ou desligava sem nada dizer.

Não demorou para eu perceber que era uma combinação entre eles. O sinal para que Conrado entrasse em contato. Meu marido então ia para o computador. Mesmo os homens ditos "dignos" (como meu pai se referia a Conrado) eram capazes de torpezas ou, melhor dizendo, de ardis. "Ardil" é uma boa palavra porque arde, queima, fere. Eu me sentia assim, ferida. Como se tivesse despencado de lugar bem alto; não das nuvens, porque lá nunca estive. Atravessava uma tormenta sem luz própria.

Conrado, fugido de mim, tornou-se desregrado, não exibia mais o prumo de antes. Vivia ansioso para sair de casa. Um dia comprei uma caixa bem bonita e quando cheguei em casa deparei com ele sentado na poltrona com um livro caído no colo, totalmente alheado, como passara a ser seu estado habitual. Pus a caixa na mesa a seu lado, dizendo: "Esta caixa é para você guardar o meu amor e não deixá-lo escapar". Conrado fixou os olhos nos meus por alguns segundos para em seguida voltar-se para o livro. Parecia um autômato. Quando eu perguntava o que estava acontecendo, respondia sempre o mesmo: "Nada". Depois se calava, o corpo retesado, fingindo-se de estátua. Insisti várias vezes, mas ele, esfíngico, não pronunciava uma palavra. Ausentava-se ainda mais, escondendo-se no silêncio.

Pela primeira vez, pensei em fazer análise e comecei a me tratar. Estava desnorteada, mas sabia que precisava me conter. Volta e meia ouvia de novo as palavras de meu pai: "Fique firme, minha filha. Fique firme". Por que eu precisava ficar firme numa relação capenga, instável, que soçobrava? Por que meu pai esperava isso de mim?... Mas se Conrado ainda me interessava, e interessava, eu tinha de ser paciente. Mas por que ter paciência mesmo quando nos maltratam?... Ainda assim continuei firme. Estávamos ambos exaustos, por motivos diversos, quando por fim seu entusiasmo cessou e ele voltou a ser o que era. Eu, porém, me tornara outra. Quando Conrado "voltou" para casa, eu me encontrava a léguas de distância de quem eu fora. O episódio me modificara inteiramente. Durante esse período, Ozorinho captava os nossos silêncios; como jamais havia escutado uma palavra atravessada entre os pais, muito menos uma desavença, de nada desconfiou. Eram dias nos quais escutávamos apenas o trinado do nosso canarinho na área.

Foi difícil me recuperar da perda de meu marido, por tudo que vivemos, por tudo que ele representou, pelas mudanças que se operaram na minha vida através do nosso casamento. Apesar das frustrações, ou talvez por causa delas, sei que me casei com o homem certo. Sou grata a Conrado pela valiosa e dura aprendizagem. Pela solidão que conquistei a seu lado. Fui forçada a dar conta de mim. Claro que a análise me ajudou, no entanto a ausência permanente dele foi fundamental. Será que Conrado tinha ideia do quanto me deixava só? Do quanto me privava? Não creio que tenha sido intencional, mas, ao agir assim, fez com que eu me voltasse a mim mesma e descobrisse do que era capaz. Até então, eu era uma alegria destampada, só o viver me bastava. Sem Conrado minha vida aconteceu, passei a ter existência, e se eu quisesse que permanecêssemos juntos, precisávamos nos manter separados, o que significava ter interesses próprios. Foi dessa maneira que me transformei em uma mulher adulta e contive um pouco meus impulsos. Um pouco, basta um pingo de alegria e eu extravaso. Muda-se, mas não totalmente. Agora que todo aquele tempo passou, que perdi meus pais e também meu marido, minha vida mais uma vez se transforma. Onde estarão as pessoas mais velhas? Foram-se todas? Deixaram o posto vago para mim?

Quando meu marido morreu, eu me recuperava de uma de minhas quedas. Aliás, apesar de todas as conquistas, minha vida tem sido uma sucessão de quedas. Venho caindo há longos anos. Colecionando hematomas. Penso que foram quatro quedas no total. Não anotei, mas com certeza meu ortopedista tem um dossiê completo delas. Pediu-me inclusive autorização para levar meu caso a congresso. Assim eu iria à Suécia, via fratura. Não sabia o que acontecia comigo, por que eu caía tanto. Talvez fossem restos de juventude no corpo, ímpetos de outrora. Fui uma jovem expansiva, e de gestos largos e inesperados, mas precisava me conter, senão eu não chegaria viva até os momentos finais. O mundo é uma estação de onde todos devemos partir, inexoravelmente. Certa vez, conversando com Hilda sobre meus tombos recorrentes, ocorreu a ela uma hipótese:

"Você não estaria entusiasmada com o seu ortopedista?", ela sugeriu com a dificuldade de sempre em se expressar.

"Em pleno luto, Hilda? Como você pode cogitar tal coisa?..."

Ela não insistiu. Mas a verdade era que eu não podia descartar essa possibilidade. Depois do meu tempo de análise, passei a viver sob suspeita, atenta a qualquer deslize. Detetive de mim mesma. Não temos trégua depois de um tratamento desses. Sim, mas eu falava da minha queda recente. (Se eu não ficar atenta, derivo a todo momento. Conrado costumava dizer: "Vá direto ao ponto".) Pois então: estou saindo de um longo período de exames, consultas e medicações. As recepcionistas do hospital já me conheciam e me cumprimentavam. Logo que me viam, diziam: "Outra vez, dona Vívian?"... Um dia esqueci de levar o cartão do seguro-saúde, mas mesmo assim fui atendida. Bem, mas eu falava das quedas. De todas, foi a mais simples. Eu caí como uma folha de outono. Adequada à estação e à idade infame que atravesso a duras penas. Ao perceber segundos antes o curso do inevitável, adernei lentamente de encontro ao tapete persa da sala. Mesmo assim, as consequências foram devastadoras: duas vértebras da coluna fraturadas e ainda caí sobre um dos braços operado, resultando disso dores excruciantes. Ainda não havia usado a palavra "excruciante", embora a conheça, naturalmente.

Entretanto, estive em diversos especialistas, e todos são unânimes em dizer que sou uma mulher hígida. A queda anterior à morte de Conrado se deu no hall de entrada do prédio de uma amiga. Fui surpreendida por um degrau. Piso verde-água e degrau no mesmo tom. Quem teria projetado tal armadilha? Caí de joelhos e assim permaneci, devota. Nem sei quanto tempo precisei aguardar ajuda. O porteiro tinha desaparecido, devia estar na garagem manobrando carros. Resultado: em decorrência da queda, em lugar de espatifar as rótulas ou partir as pernas, o tombo repercutiu na coluna, causando o desmoronamento das três últimas vértebras. Qualquer que seja a queda, fratura-se a coluna? Impressionante. Meu corpo não raciocina como eu. Devem ser as últimas luzes; em breve, breu.

No dia marcado para o exame de ressonância magnética da coluna (atualmente existe isso), foi interessante encontrar alguns amigos na sala de espera. Um deles disse que eu caio porque sou cuidadosa. Na opinião dele, eu deveria andar com passos confiantes, marchando, como se estivesse avançando contra o exército inimigo no cerco de Stalingrado. Esse amigo é stalinista. Figura rara. Nos encontrávamos eventualmente. Fomos vizinhos quando Conrado e eu compramos nossa primeira casa. Não sei se ainda tem aquela grande fotografia de Stálin na sala, além dos retratos menores de Rosa Luxemburgo. Melhor não perguntar. Estava efusivo, talvez por ainda nos encontrarmos vivos, depois nos despedimos e cada um seguiu para seu tubo. Desnecessário entrar em detalhes de como é desagradável esse procedimento, além da novidade sonora.

Saí do hospital pensando que talvez os velhos tenham se cansado da verticalidade. A verdade é que atualmente não se pode adoecer. Velhice e doença não se coadunam na época atual, condenada a uma juventude perpétua. Vivemos no esplendor da saúde. No apogeu do corpo. Na glória da boa forma. A bem dizer, o corpo não tem paz. Quando ele é jovem, é um desassossego, aquele afã, vive inquieto, ávido, em atropelo. Ao envelhecer, as dores se apressam em se apossar dele. Tenho concluído que as pessoas se tornam bondosas ao envelhecer porque não lhes resta alternativa. Elas temem as dores. Como temem a solidão. Sobretudo a súbita, como acontecera comigo. Mas eu estava confiante que as cores da Bahia iriam me curar. São Salvador!

Preparativos para embarcar; mala praticamente pronta. Nela eu levava também meu notebook, presente de meu filho. Assim poderia continuar escrevendo o livro que havia me comprometido a entregar à editora antes do término do ano, ainda que o objetivo da viagem fosse outro; me despedir de Conrado. Eu não sabia como iria reagir. Chegaria sã e salva à cidade de São Salvador? Guardo lembranças bonitas da Bahia, de quando lá estive com Conrado no início do nosso casamento. Sobretudo das cores de Salvador; elas talvez tenham sido as impressões mais fortes que eu trouxe de lá, a sequência de telas da cidade e no ar aquele eterno agogô. Como paulistana, a Bahia me encantou. O Rio também é uma cidade farta em cores, sem contar a beleza esplendorosa da cidade; também sou afeita aos cariocas, calorosos, expansivos, acolhedores, mas o modo vagaroso de viver dos baianos me cativou. Para quem vive em uma cidade frenética, a Bahia é repousante.

Tecia esses comentários para me ocupar. Na verdade estava preocupada com Hilda. Fazia mais de meia hora que eu tentava me comunicar com ela, deixava recados em sua secretária eletrônica, mas nada. Onde ela estaria? Talvez tivesse ido fazer compras. Todos os dias Hilda precisava comprar alguma coisa. É uma doença, eu sei. A vida é uma série infindável de contenções. Alguns conseguem obedecer a elas, outros não. Bem, mas em breve deixaríamos São Paulo. Dos Jardins às praias!

Haveria tempo para as despedidas? Não, não seria necessário avisar a todos, afinal eu me ausentaria apenas duas semanas. O suficiente para alguns passeios e, sobretudo, para atender ao pedido de Conrado. Eu já havia deixado todas as ordens com as duas moças que trabalham aqui em casa. Ozorinho não quer que eu tenha trabalho. Faz tudo para me proporcionar uma vida tranquila, sem sobressaltos. Não quer que eu me aborreça, que tenha preocupações... Como se fosse possível... Tão bem-intencionado e amoroso, ele. Pensei em telefonar para avisá-lo de que estávamos de partida.

"Filho querido, como vai você? Não pode falar agora? Entendo, está muito ocupado, não é? Está bem. Era só para avisar que a Hilda e eu estamos indo para Salvador levar as cinzas de seu pai. Embora ela esteja desaparecida. Sim, já vou desligar, meu filho. Um beijo, meu querido. Ligo. Quando eu chegar, ligo. Me deseje boa viagem, meu bem. Obrigada. Cuidado com o frio, Ozorinho... Está bem, já ouvi. Fique com Deus."

Carlos Ozório já tinha voltado a Paris, onde estava morando para escrever sua tese de doutorado. Trabalhava numa grande empresa aqui em São Paulo, quando de repente decidiu largar tudo e continuar seus estudos. Já era graduado em filosofia e havia terminado o mestrado. Esqueci o título da tese que está escrevendo. É tão complicado que esqueci. Não quis perguntar de novo, para ele não se sentir atingido pela ignorância da mãe, que é absoluta nessa área. Tudo que sei é que ele estuda e escreve noite e dia. Ouvi a campainha. Só podia ser a Hilda. Ouvi também uma das moças ir atender à porta.

Pouco depois Hilda subia os degraus. Entrando em meu quarto, arriou a mala e postou as mãos numa mímica. Sempre que pode, evita gaguejar.

"Você foi à igreja?! Esqueceu que vamos para Salvador, a cidade das igrejas?", eu disse.

Custou a admitir que tinha ido pedir proteção para a nossa viagem. Outra com medo. E eu me fiando nela...

"Vamos, vamos. Pegue a urna, Hilda. Combinamos que você a levaria, lembra? Era meu marido, e eu ainda estou muito abalada, você sabe."

Me despedi das moças de casa e fomos de táxi para o aeroporto, levando as cinzas de Conrado. Queria ser deixado onde nascera. Na terra de Nosso Senhor do Bonfim.

2.

Hilda enviuvara fazia muitos anos, e ela e o marido não tiveram filhos. Mas isso não a impediria de alegar motivos para não viajar. Tinha-os de sobra. Sua irmã, Mirtes, mais nova do que ela, lhe telefonava todos os dias, preocupada com os filhos. Mirtes havia se separado do marido, com quem tivera um casal de filhos. Hilda preocupava-se muito com os sobrinhos, sobretudo com a moça, que tratava como a uma filha, repetindo constantemente como ela era fraca, frágil e franzina. Embora eu já lhe houvesse dito que havia muitos efes na frase. Mas Hilda não dava valor nenhum às palavras.

Mas voltando aos sobrinhos: eram dois destrambelhados. O rapaz tocava bateria dias inteiros. No início, a mãe andava com fones de ouvido pela casa, mas depois que começaram a lhe esquentar as orelhas, ela desistiu. A sobrinha mal era encontrada em casa, vivia na rua e dificilmente era localizada, apesar de a tia já a ter presenteado com mais de um celular. Certamente via o nome de Hilda no visor e não atendia. A maioria dos jovens faz isso. Depois inventam as desculpas mais disparatadas. O fato era que os sobrinhos de Hilda recusavam-se a se tornar adultos. Ah, sim, e também havia uma prima distante, tanto no sentido sanguíneo como no geográfico, pois ela se mudara para a Romênia. Muitas conjecturas se teciam sobre essa prima, sem que ninguém soubesse explicar a escolha de Sofia. Chama-se Sofia. Tudo que se soube, por intermédio de uma breve comunicação, foi que, lá chegando, ela adotara o nome local de Raluca. Semanas depois, Sofia Raluca enviou dois cartões-postais à família: o de uma parede nua e o de uma ponte quebrada. Esses eram os componentes da família de Hilda.

Que sorte a minha!, tanto no lar paterno quanto com a pequena família que Conrado e eu construímos. No entanto, era Hilda quem sempre agradecia a Deus por seus parentes, principalmente por Oscar, seu marido. Ele fora um bom homem, tranquilo e sem grandes aspirações, talvez por ser oriundo do sertão e lá ter vivido calamidades. Uma tarde, dissera à mulher em voz baixa que sentia claramente que seu fim se aproximava. E acertara; em algumas horas, seu coração o levava. Hilda, adepta de todas as religiões, apontava para o coração do marido que ela via suspenso no ar, em volutas pelo quarto, esforçando-se para alcançar Oscar. Foi o que descreveu num paroxismo de fé aos presentes, que assistiam a tudo abismados, no velório de Oscar. Depois, nunca mais pronunciou o nome do marido. Vivia sozinha fazia muitos anos e sua casa não distava muito da minha. Quase sempre estava conosco. Conrado apreciava a presença discreta de Hilda, quase tão silenciosa quanto a dele. Um sepulcro, a nossa casa. Conrado dizia que ela me fazia companhia. Os homens desejam que as mulheres fiquem próximas, para que eles não precisem fazer companhia a elas.

No aeroporto, apesar da tensão, tudo correu bem, fizemos o check-in sem problemas. Hilda revelou-se uma grande transportadora de cinzas, e embora muito compenetrada de sua missão, a desempenhou com tanta descontração e leveza, que poucos suspeitariam do que ela carregava naquela caixinha. As pessoas nos surpreendem, sempre. No interior da aeronave — como alguns se referem aos aviões, sobretudo quando apresentam problemas —, já devidamente afiveladas a nosso cinto de segurança, estávamos imóveis. Hilda, com a urna no colo e os olhos fixos num ponto qualquer da poltrona em frente, e eu, tomada pelo meu pavor habitual de deslocamentos, sobretudo nos ares, com um profundo desconforto na alma. Havia tantos anos que eu não viajava... A análise nos deixa com uma boa margem incurável. Aliás, tenho pensado que nada se cura; atenua-se, mas não se cura.

Nesse instante, ainda em terra, ouvi um barulho, forte e constante. Perguntei a Hilda se ela não achava que o avião estava fazendo muito barulho. "Veja se há fogo na asa", pedi a ela, sentada junto à janela. Hilda olhou para fora e um pouco para trás, depois meneou a cabeça, respondendo que não. Ela reza e depois acha que está tudo resolvido.

"Diga-me uma coisa, Hilda, você que é mais velha que eu. Seus avós eram do tempo do avião ou chegaram a ver o *Zeppelin*?", perguntei.

Não respondeu. Certamente tomara a pergunta como provocação. As pessoas são feitas de muita sensibilidade. Eu também já fui mais sensível, mas a convivência com Conrado me tornou mais resistente. Nossa vida em comum tinha produzido tantas mudanças em mim, que por vezes eu não me reconhecia. Há casos assim, de pessoas que se transmutam em outras e que nunca mais voltam a ser as mesmas. Em seguida a esses pensamentos, que de nada servem a não ser para atormentar, perguntei a Hilda:

"Você não acha meu linguajar um tanto antiquado? Infelizmente, não dá para fazermos plástica nas frases, não é mesmo?..."

Nesse instante, o avião deu um solavanco, resultando em intensa trepidação interna: houve um certo ruflar de revistas e jornais, logo contido pelas aeromoças, sem contar o barulho infernal de talheres se chocando — seriam mesmo talheres?! Nossas poltronas situavam-se próximas à cozinha, se é que era possível chamar de cozinha aquele corredor mínimo cheio de gavetas. Hilda avisou que o avião iria decolar. Em pouco tempo já nos encontrávamos nos ares, estremeci, atordoada, tentando me manter calma e dizendo-me a todo instante que Conrado ali estava, em cinzas, mas estava. Tinha a certeza de que ele ainda se preocupava comigo e tentaria de todas as formas me proteger. Em vários momentos de nossa vida Conrado havia me dito que sua única preocupação era me deixar (esquecendo-se de que certa vez esteve prestes a fazê-lo... Para os homens, os encantamentos passam como se nem tivessem acontecido; já as mulheres lembram-se deles para o resto da vida).

Mais velho do que eu, Conrado acreditava que morreria antes de mim, e não conseguia imaginar como eu iria viver sem ele. Dizia que eu não era uma boa administradora do meu complexo psicofísico. E não estava de todo errado. Ando bastante transtornada. Enquanto ouvia meus pensamentos, virei-me para Hilda e ela continuava imóvel, com a urna no colo. Nesse instante, notei com o canto do olho que uma das aeromoças (que hoje gostam de ser chamadas de "comissárias de bordo") vinha se aproximando e senti que iria falar conosco. Avisei a Hilda, que também notara a aproximação da aeromoça, que eu responderia o que fosse necessário. Ela queria saber se desejávamos guardar a caixinha — a urna! — no bagageiro acima das poltronas. Perguntou isso já estendendo os braços para alcançá-la. Respondi instantaneamente que era uma caixa muito valiosa e da qual minha amiga não desejava se separar; pertencera à mãe dela. E agradeci. Hilda permanecia inabalável. Cheguei à conclusão de que estava aterrorizada. Nem todos confessam seu pavor de avião, o qual, aliás, nesse momento voltou a trepidar. Não há sossego, eu pensava, sobretudo nas nuvens, por incrível que pareça. Comentei com Hilda, que mencionou gaguejante um cúmulo-nimbo.

"É perigosíssimo!", disse, elevando a voz.

Os passageiros das poltronas em frente voltaram a cabeça para nos olhar.

"Vai passar", disse Hilda, com Deus no coração.

"Só mais uma coisa, de onde estará saindo esse ar?", perguntei. "Não está sentindo? Teria uma parte da fuselagem rebentado em algum ponto? Torçamos para que seja uma parte. Já li coisas apavorantes sobre isso nos jornais... Já ouvi dizer que os pilotos dormem. Não deve ter ninguém na cabine. Este avião está voando sozinho, sabe Deus conduzido por quem..."

Os olhos de Hilda não podiam estar mais arregalados. Quer dizer, não conseguia falar porque devia estar em pânico. Nesse instante, fiz um trato interno. Volta e meia faço coisas assim. Conversei com quem quisesse me ouvir, caso ainda houvesse alguém dentro de mim. Pedi que me deixasse chegar viva a Salvador e cumprir a promessa que havia feito a Conrado. Se o avião tivesse que cair, que fosse na volta. Sosseguei por alguns minutos. Súbito, as sacudidelas voltaram ainda mais fortes. Um medo atroz. Havia muitos anos que não me lembrava de sentir algo tão aterrador. Não deveria ter aceitado a incumbência de Conrado. Eu não tinha condições de atender a um pedido daqueles. Condições internas, naturalmente. A última vez que eu havia passado por uma experiência aterradora fora com uma amiga em um restaurante. Subitamente o cabelo dela pegou fogo ao entrar em contato com o cigarro que ela fumava. Alcoolizada, ela jogava o cabelo para todos os lados enquanto falava. Um dos garçons a salvou, debelando o incêndio com um balde de gelo que havia por perto.

A lembrança desse acidente me fez esquecer por alguns minutos que eu estava dentro de um avião. Hilda voltara à quietude. Aprecio a postura serena dela e sua capacidade de não se melindrar. Digo isso por ter feito uma referência que ela pode não ter gostado; quando perguntei se seus avós (foram avós?) eram da época do *Zeppelin*. Também sou capaz da não confrontação, mas a expresso de maneira diferente. Como balançava a aeronave... Gostaria de saber que fim levou todo o meu ganho na relação com Conrado e na análise. Evaporou? Que palavra forte para me ocorrer aqui dentro.

"Vão servir o lanche", disse Hilda, apontando com o queixo o carrinho que ela vira não sei como surgir no final do corredor.

"Pois não vamos tomá-lo", eu disse. "Não há tranquilidade para fazermos uma refeição, por menor que seja, Hilda. Além de lucrarmos em nos abster."

Pouco depois, duas aeromoças, sorrisos a postos, ofereciam sanduíches, sucos e refrigerantes. Vi o desejo estampado no olhar de Hilda. Sim, desejo, porque ela não devia estar com fome depois da lauta refeição que fizera na cidade. Melhor permanecer como estávamos. Eu em um desespero explícito, ela, fingindo placidez.

Até hoje sempre tenho vontade de pedir a alguém que acenda uma vela quando viajo. Temo todos os meios de transporte, inclusive elevador. Isso tem sido curioso na minha vida. À medida que os anos avançam — nos abocanhando aos poucos, verdade seja dita, de uma amiga arrancou todo o cabelo —, eles acrescentam novos medos à minha já extensa galeria. Preferia que fosse meu filho a acender essas velas, mas não tenho coragem de lhe fazer semelhante pedido. Ele já me disse que não acredita em nada, apenas no homem. "Que homem?", perguntei uma vez a ele. "Ora, mamãe...", limitou-se a responder. Quer dizer, de nada adiantaria eu pedir a ele, porque Carlos Ozório diria não, o que faz com grande naturalidade. Quantas características em comum com o pai... O fato era que eu viajava sem a menor proteção, portanto só me restava ficar atenta às expressões das aeromoças, se bem que elas eram treinadas para se conter. Mas eu não podia me esquecer de que Conrado estava lá, sem alma, porque a dele havia ficado em mim, acho que já mencionei isso. Eu vinha me sentindo mais forte, exceto por aquela experiência abissal de estar nos ares. Depois pensei melhor e achei que pudesse ter me equivocado. Pelo silêncio de Hilda, tudo indicava que tivesse sido ela a herdá-la. Teria a alma de Conrado errado de paradeiro e se alojado em Hilda? Meu Deus, este avião está totalmente desgovernado, desequilibrando-se a todo momento... A sensação que tinha era que ele iria explodir. Será que vamos acabar no fundo do oceano, disputadas por sardinhas — um peixe menor? Decidi não levantar essa hipótese para Hilda, até porque ela tinha fechado os olhos (dormia?), atracada com a urna. Fidelíssima Hilda. Resolvi acordá-la. Precisava lhe falar. Tinha me lembrado de uma poesia interessante. Com certeza ela iria gostar de ouvi-la. Dizia respeito à Bahia, para onde íamos, caso a aeronave cumprisse sua rota, naturalmente.

"Hilda, já lhe contei que meu pai tinha um amigo poeta? Martins d'Alvarez era o nome dele. Esse amigo escreveu, entre outros poemas, um sobre a Bahia. Quando pequena, eu o decorei."

Meus pais eram muito sociáveis. As reuniões que davam em casa — o que não acontecia na minha com Conrado, e sempre lastimei isso profundamente — eram frequentadas por esse poeta e sua mulher, além de outros amigos, e meu pai então me chamava para declamar. E lá ia eu, sempre fui muito arrojada, como dizia mamãe. Ela sabia que eu agradaria o poeta, além de meu pai ser um apreciador de poesias.

"É grande, viu, Hilda? Mas decorei. Sabe, em cabeça de menina cabe tudo porque não tem nada. Ainda hoje me lembro;

ouça, é bonita: 'Você já foi à Bahia? Se não foi, amigo, vá... Vá conhecer a pátria do samba e o reino de Iemanjá. Salte na praia Morena onde Cabral aportou, olhe, abra a boca e se fique, como ficou o cacique, no dia em que frei Henrique nossa terra batizou...'."

Ela permaneceu impassível. Que companhia... As pessoas das poltronas ao lado sorriam. Sorri de volta para elas. Deviam ter apreciado a récita, como diria minha avó.

"Que tranco foi esse agora!?", exclamei.

"Chegamos", disse ela.

"E precisava esse estrondo? Esse barulho insuportável?"

"Ele está freando", voltou a responder Hilda.

"E as cinzas? Onde estão as cinzas do Conrado? Espalharam-se pelo chão da aeronave?"

"Deixei a urna aqui ao lado quando íamos aterrissar."

"Que susto você me deu... Por que não me avisou?"

"Você estava declamando", respondeu Hilda.

"Vou ligar para o meu filho para avisar que chegamos. Ele deve estar preocupado. Não há filho que sossegue com a mãe nos ares... Está chamando."

"Alô?! Alô?! Ozorinho? Está me escutando, meu filho? Hein? Não estou ouvindo... Ainda estamos dentro do avião, mas chegamos, por incrível que pareça... Hein? Do hotel? Quer que eu te ligue de lá? Achei que você queria que eu ligasse logo... Hein? Está bem. Ligo. Um beijo, meu querido."

Desligou. Devia estar estudando, Carlos Ozório não faz outra coisa.

"Hilda, já lhe contei que nunca sonhei com meu filho adulto? Sempre menino. O que você está resmungando?"

"Vamos levantar", disse ela.

"Que pressa, hein? Pegou a urna? Será que ela revirou na viagem? Este avião sacolejou tanto..."

"Vamos", ela repetiu.

"Já ouvi. Estou levantando. Não tenho a sua coluna. Não se esqueça de pisar com o pé direito assim que descermos do avião. Eu estou atenta. Bahia de São Salvador! Saravá! Que beleza! 'Ande, respire a poesia que o panorama ilumina! Saveiros! Farol da Barra! Cais Dourado! Amaralina...' Estou andando, Hilda. Qual o problema de declamar e caminhar? Deixamos o cinza para trás. O 'cinza' e não 'as cinzas', que, espero, continuem em suas mãos."

Ela não respondeu.

Me perguntei se Hilda não pronunciaria uma palavra enquanto estivéssemos lá. Teria feito essa promessa? Ah, a gagueira... sempre esqueço. As luzes de Salvador começavam a se acender. Quantos táxis...

"Entremos neste, Hilda."

"'Veja tudo e se concentre nessa doçura marinha, e diga sinceramente se depois você não sente a exaltação eloquente de Pero Vaz de Caminha...'", continuei, já instalada no táxi.

Hilda, se acomodando, estava com jeito de quem queria falar.

"O que é?", perguntei. "Continua não gostando da poesia?"

"O motorista quer saber o nome do hotel", disse ela.

"Ah, sim." Catei dentro da bolsa o papel onde eu tinha anotado o nome. "Pronto, achei, está aqui. O senhor sabe onde fica?", perguntei.

O homem balançou a cabeça, dizendo que sim.

"E você, Hilda? Não sabia o nome do hotel?"

Ela estava com a cabeça encostada na janela. Continuei falando sozinha. "Pronto, aportamos onde a bagunça começou. Na verdade, a palavra correta seria 'esculhambação'. Mas eu não sou de pronunciar palavras grosseiras." Estava tão idosa, de repente. Devia ser passageiro.

“Mas voltando à nossa história cheia de galhofas, repentes e bom humor, aqui tudo teve início e se perpetuou, como todos sabemos. Salve a Bahia! Salve!”, eu disse, animada.

Hilda me olhou levantando ligeiramente a urna do colo, como a lembrar-me o motivo de nossa viagem. Depois fingiu estar ajeitando a saia. É excelente amiga, mas seu humor deixa a desejar. O que sempre lastimo. Porém, ela estava diferente do habitual. Sempre fora silenciosa, mas se excedia. Será que se arrependera de me acompanhar na despedida de Conrado? Mas se ela mesma se oferecera para vir... Quem sabe não seriam apenas os efeitos da viagem? Talvez temesse voos mais do que eu e não tivera coragem de confessar. Devia ser isso.

“Escute, Hilda. ‘Cidade Alta, não pare, vá direto à rua Chile, vitrines, bares, desfile do grã-finismo da terra...’” O motorista riu. “Estou declamando uma poesia sobre sua terra, sua e do meu marido, que também era daqui.”

“Chegamos, senhoras paulistas”, disse ele.

“Paulistanas”, emendou Hilda.

Emitiu um som! Menos mal.

Primeiro dia em solo baiano. Já desperta, vi Hilda abrir os olhos devagar e sair da cama com passos miúdos. Voltou no mesmo ritmo.

“Por que você está andando desse jeito?”, perguntei.

“Estou fazendo setenta anos, lembra?”

E está entrando neles devagarinho, pensei. Que beleza entrar nos setenta anos assim. Talvez eu faça graça e Hilda tenha humor. Conrado dizia que havia uma diferença entre graça e humor. Que humor era uma manifestação da inteligência. Como nada comentou sobre graça, concluí que não a apreciava.

“Parabéns, Hilda! Desculpe, eu tinha me esquecido do seu aniversário... Que cabeça a minha! Foram tantas providências para a viagem...", eu disse, me levantando para cumprimentá-la, devagar também, acompanhando seu ritmo.

Felizmente a aniversariante era ela e não eu! Ainda não me encontrava nessa idade ameaçadora e, certamente, catastrófica. Minha mãe, quando idosa, costumava dizer: "Você vai ver quando tiver setenta anos, aí é que os problemas começam. Velhice dá muito trabalho, minha filha". Oh, mamãe, que tenebroso vaticínio... Em seguida, entrando no banheiro, Hilda disse que daria uma saída rápida e que logo voltaria.

"Aonde você vai? Você não conhece ninguém aqui... O que é isso agora? Você vai se perder!"

Ela fechara a porta do banheiro.

Aonde Hilda acha que vai? Pensei que fôssemos conversar um pouco... Gostaria tanto de conversar com Hilda sobre os meus desejos. Ainda os sinto tão intensos...

A verdade era que eu não sabia se haveria escuta para isso. Hilda era, e ainda é, muito religiosa, enquanto eu havia largado o hábito. Nas últimas décadas do nosso casamento, Conrado só se interessava pela enciclopédia que escrevia. Ou era um dicionário? Bem, agora tanto faz. A tal enciclopédia, como ele a chamava, acabou ficando incompleta. Para todo o sempre. Eu e ela.

Ela reapareceu, vestida e apressada. "Espera um pouco, Hilda..." Ela nem me ouviu. Disse um até já e saiu, batendo a porta.

Era uma temeridade o que Hilda acabara de fazer. Eu devia desdizer tudo que havia dito sobre ela. Ia acabar se perdendo, claro. Mas o que tinha dado nela? Que destempero tinha sido aquele? Seria a nossa uma estada de impactos? Se ela se perdesse, como eu iria achá-la depois? Teria se lembrado de levar a carteira de identidade? Hilda nunca mais seria encontrada, essa é que era a verdade. Dois desaparecidos. Um vivo e o outro... Era melhor me calar. Está dando tudo errado, mal chegamos.

Vou ficar sozinha com os despojos de Conrado e talvez não seja bom espiritualmente pensar mal dele sozinha, quer dizer, acompanhada de suas cinzas. Comecei então a pensar na enciclopédia inacabada de Conrado. Preciso dar um destino a ela, que consumiu toda a nossa vida sexual. E se afirmo isso com tanta convicção, é porque ele nunca se esmerou, jamais foi um amante brilhante. Apesar de ter tido sempre um bom desempenho.

Era como se Conrado tentasse a cada vez superar a performance anterior. Competia consigo próprio. Como se estivesse numa olimpíada. Sexo para ele era mais uma entre tantas coisas que ele desempenhava bem, com competência. Deveria ser um prazer, não? E não uma tarefa a cumprir. Creio que ele nunca pensou a respeito. Um dia me queixei da ausência de palavras amorosas durante o ato. "Amor não se declara, se exerce", ele respondeu. Conrado dizia coisas fortes. Foi difícil me acostumar. Bem, mas eu falava sobre sexo. Não tivemos propriamente encontros, Conrado e eu, e sim vivências isoladas. Diversas vezes achei que ele tinha se cansado de mim e se interessado por outras mulheres. Mas à exceção daquele abalo, incompreensível até hoje, tendo em vista o temperamento seco e frio dele, acredito mesmo que nada mais tenha acontecido em sua vida sexual. Passava as tardes fora de casa, às voltas com a tal enciclopédia, ou em sebos, consultando livreiros. Homens preferem a companhia de homens. E eu por ter as tardes livres, no vagar da imaginação, devaneava. Talvez tenha sido minha atividade mais constante. Quanto rumor de passos ouvi cruzando o portal da entrada...

Céus, e a Hilda? Nunca mais a verei? E ela veio para me fazer companhia... Com a turbulência da chegada, tão sentida quanto a do avião, esqueci de ligar para o meu filho de novo! Como pude me esquecer... Deve estar tão aflito... Se preocupa tanto comigo. Que difícil achar esse celular... Ah, posso ligar do telefone do quarto, claro! Que cabeça, a minha.

"Ozorinho, meu filho, sou eu, perdoe a sua mãe, que está atarantada até agora e não voltou a telefonar para dizer que chegou bem e que está com muitas saudades. Ouviu, meu querido? Por que você não diz nada? Porque eu estou falando? Sim. Pronto, já me calei. Fale você agora, quais são as novidades? Não tem novidade? Está bem, querido. Você é mesmo muito parecido com o seu pai... Aqui, fora o sumiço da Hilda, que disse que ia dar uma saída rápida, e ela nem conhece a cidade, é bom que se diga, mas ela é assim, deve estar em alguma loja, fora o sumiço dela, nada de mais, meu filho. Hilda é uma consumista nata. Ou será inata que se diz? De repente, me confundi, desculpe. Serão os fusos? Mas que bobagem eu disse agora... Então, você já sabe: estamos aqui, depois de um voo medonho, que te relatarei por e-mail. Caso a Hilda não volte, ligo para que possamos tomar providências juntos, você aí de Paris e eu aqui da Bahia. Terra do seu pai, meu filho. Eu sei que você sabe. Está bem. Um beijo, meu querido. Me ligue de vez em quando para saber se eu não caí em alguma cratera local. Aqui há uma variedade delas. Sei que você sabe disso também. Está bem. A Hilda acabou de entrar no quarto! Viva! Cheia de vasinhos de flor. Já sei, vou desligar. Fique com Deus, meu filho. Cuide-se, Ozorinho. Olha o frio. Está bem, tchau."

"Que mal pergunte, aonde você foi, Hilda?"

Havia um menino atrás dela que também portava vasinhos de violeta.

"Já te digo", ela respondeu.

Seriam as violetinhas comemoração de aniversário? Se bem a conhecia, ela devia ter contado florezinhas e elas somaram setenta. Que delicadeza consigo própria. Talvez por isso Hilda não precisasse se comunicar com os outros a todo instante. Havia muitas palavras em seu interior. Assim que ela deu uma gorjeta ao menino e ele foi embora, virou-se para mim e disse: "Agora vou arrumá-las em volta da urna". E foi levando os vasinhos para a mesa de entrada.

"O que é isso? Que ideia foi essa?... Já pensou que as arrumadeiras podem não gostar e dar queixa de nós ao hotel?"

Hilda continuou a arrumar as flores. Resolvi não dizer mais nada. Cada um que faça o que bem entender no dia do seu aniversário.

"Aonde vamos comemorar o seu aniversário? Eu nem saí deste quarto ainda. Já conheço de cor toda a mobília, e os quadros de marinhas começam a me cansar."

"Podemos jantar no restaurante do hotel", sugeriu ela. "Estavam comentando lá embaixo que a comida é muito boa."

"Está bem, vou me arrumar. E quando você terminar essa função, arrume-se também. Não é todo dia que se faz setenta anos. Felizmente, não é?"

Hilda não respondeu. Fazia o *décor* das flores enquanto, provavelmente, rezava.

Que cena.

Vestíamo-nos para descer até o restaurante, quando comentei com ela o que eu vinha pensando.

"A vida não tem sentido, não é mesmo, Hilda? As coisas existem para ruir. Portanto, diante dessa vida finita, uma das possibilidades é se alegrar, concorda?"

Hilda me olhou e interrompeu o que estava fazendo. Lutava para baixar o vestido justo no corpo (como engordou...) e pensei que fosse responder. Mas não, ela não disse nada. Terrível, uma pessoa não gostar de conversar, de refletir sobre as coisas. Que pena. Hilda vinha demonstrando ter uma mente opaca. Como alguém pode não fazer questionamentos neste mundo em que vivemos? Caso ela gostasse de exercitar o pensamento, poderíamos ter tido trocas melhores. Como Hilda pode viver sem se inquietar? Deve ser porque é religiosa. Entrega tudo a Deus, e ele que resolva. Conrado dizia que a maioria das mulheres sofre de agitação intelectual, raras de inquietação intelectual. Espero que não tenha me incluído entre as primeiras. Dizia também que as mulheres costumam violentar a lógica com uma simplicidade extraordinária. Panorama horrível, esse. E Conrado era dos melhores do gênero... Mas, voltando a Hilda, ela não deveria ser tão primária, pois trabalhara durante anos em um projeto na área de educação; no entanto, nada a inquietava. Que poder tem a religião!

Depois que nos arrumamos, descemos para o restaurante.

Deparei com um belo local. O restaurante ficava no térreo e tinha uma parte envidraçada de onde se avistava uma piscina em meio a plantas. Ambiente alinhado, diria meu pai. Hilda já devia ter visto o lugar, fuxicava tudo. Havia poucas pessoas quando entramos acompanhadas pelo maître; logo depois uma pequena fila se estendia diante da porta, à espera de uma mesa. Os baianos, como o restante dos brasileiros, falam alto. Não sei por que necessitam de tantos vibratos para se expressar. De repente, notei que um senhor, a duas ou três mesas da nossa, me olhava. Comentei com Hilda, que retrucou que ele devia ser míope. Não foi um comentário simpático, mas eu a estava sentindo mesmo distante. Nada como viajar junto. É um teste, dizem. Iniciei outro assunto.

"É uma pena que na nossa terra tão linda, enfeitiçada pelo sol, os políticos continuem repetindo o início da nossa colonização ou, melhor dizendo, da nossa espoliação, não é, Hilda?"

Silêncio total. Seria uma excelente companheira para Conrado. Que assunto a interessaria? Por que teria concordado em vir comigo? Apenas para me acompanhar? Nesse instante, em que eu dava voltas no pensamento tentando encontrar algo que a interessasse, me acudiu uma ideia. Uma ideia que, na verdade, já me acudira. Que talvez a interessasse.

"Hilda, estou pensando em escrever a história de uma mulher que se apaixona aos setenta anos. O que você acha?"

"Um despautério", ela respondeu.

"Não é verossímil, foi o que você quis dizer?"

"O que você acha?", ela me devolveu a pergunta.

Nesse instante, de esboço de um desentendimento entre nós, o tal senhor míope, segundo ela, que a poucas mesas de distância jantava sozinho, estava de pé diante de nós perguntando se eu era a Vívian. Um homem que devia regular comigo em idade, bem-posto, desenvolto, vestido com apuro e recendendo a loção cara. Um belo espécime no ocaso da vida.

"Sou", respondi.

"Eu sou o Lauro, Vívian", ele disse, sorrindo.

"Laurinho!" Levantei-me de supetão, deixando o garfo cair no tapete, e me projetei sobre ele, abraçando-o. "Laurinho!"

Laurinho havia sido meu primeiro amor, minha madeleine proustiana... "O odor e o sabor permanecem ainda por muito tempo, como almas, lembrando, aguardando, esperando, sobre as ruínas de tudo o mais, e suportando sem ceder, em sua gotícula impalpável, o edifício imenso da recordação." De um só golpe, o presente desapareceu; fui arremetida à infância, onde nós, crianças, brincávamos. Rodeada por todos outra vez. Sem saber, Laurinho me trazia o mundo e seus habitantes. O calor de outrora. A felicidade.

Laurinho era filho único de um casal amigo de meus pais. Os quatro, vez ou outra, se visitavam. Nossas casas ficavam em frente uma da outra. Quando pequenos, ao acordarmos, ele levantava uma bola na janela e eu erguia uma boneca. A mãe dele era uma mulher suave e delicada. O pai, piloto da Panair, comandante, acho. Saía de casa uniformizado, bonito. Mamãe gostava muito deles, meu pai também. Depois eles se mudaram, lembro de mamãe ter comentado a respeito e de eu ter ficado com muitas perguntas sem resposta. Dali em diante nós os perdemos de vista durante todos esses anos; décadas, a bem dizer. Por toda uma vida. Nos conhecêramos em meninos e agora nos reencontrávamos póstumos (estranhei ter dito essa palavra). Que fúria, o tempo! Apresentei-o a Hilda, que, pálida pelo momentâneo abandono, mostrou-se inteiramente desinteressada. Claro, não passara a infância conosco.

Laurinho sentou-se à nossa mesa e desandou a falar com entusiasmo, como a querer atualizar todo o tempo em que não nos víramos, e cada frase dele era um céu primaveril para mim. Contou-me sobre sua vida bem-sucedida. Diante de sua figura, eu pensava como era bom olhar para aquele belo homem que Laurinho se tornara. Me sentia emocionada e desnorteada; os tempos se misturavam. Laurinho disse que frequentava aquele restaurante porque apreciava o tempero de sua cozinha e que lamentava, mas precisava ir, estava mesmo de saída. Sua mulher o esperava. Impossibilitada de trocar uma palavra que fosse, pelo atordoamento em que me encontrava, perdi a voz. Hilda, econômica na comunicação desde que chegáramos a Salvador, silenciou de vez. Resultado: Laurinho despediu-se praticamente de duas mudas. Não lembro como o jantar de aniversário de Hilda terminou. Mas lembro do terno abraço de despedida que troquei com Laurinho e de ele me chamar de "querida".

Infância: afeto que não se encerra.

3.

Não ia dizê-lo a Hilda, mas o que tinha me acontecido fora um bem súbito. Mal podia acreditar que encontraria Laurinho transcorrido tanto tempo. E ele havia me chamado de "querida". Tão bom ser tratada assim. Conrado a vida toda me chamara apenas pelo nome. Para manter distância, talvez. Ele precisava disso. Pena.

"Simpático, o Laurinho, você não achou, Hilda? Simpático, amável e educado. Um homem fino. Coisa rara nos dias que correm", eu disse, ao voltarmos para o quarto.

Quantos dias mortos entre mim e Laurinho. Uma infinidade deles.

"Muito gabola."

Me assustei ao ouvir a voz de Hilda, pensei que não fosse mais se pronunciar. E que palavra antiga, convenhamos.

"É só o que você tem a dizer?"

"Só falou dele…"

"Pois eu gostei muito de reencontrá-lo, até porque não sabia o que tinha sido feito dele. Incrível ter se tornado tão importante. Laurinho desembargador, veja só…"

"Ele não perguntou nada da sua vida", continuou Hilda, com a intenção deliberada de desmerecer o encontro.

"Em outra oportunidade, perguntará", eu disse, encerrando a conversa, e Hilda entrou no banheiro.

Durante esse diálogo pouco amistoso, ela havia ajeitado os vasos ao redor da urna de Conrado.

Quando ela saiu do banheiro, disse que era melhor dormirmos o quanto antes, pois no dia seguinte iniciaríamos as buscas.

"Que mal pergunte, que buscas?"

"De lugares bonitos que façam jus a Conrado. Ele merece um funeral condizente com a pessoa que foi."

Disputando as cinzas do meu marido?

Antes de se deitar, ao passar pela urna Hilda fez o sinal da cruz. Desconhecia sua inclinação para a morbidez. "Funeral" é uma palavra bonita, porém de sentido detestável. Mas eu não ia contestá-la; resolvi me calar. Fui me deitar pensando na surpresa que a vida me fizera ao trazer Laurinho para mim outra vez. Um brinde inesperado. Restávamos só nós dois. Foram-se todos os meus familiares e amigos. Como se tivesse havido uma combinação letal entre eles. Nem nossas casas haviam sobrado. Vieram todos parar em minha memória. Quando começo a me lembrar dessas coisas, sinto a dor da orfandade; nós, criaturas de um tempo limitado. Dizem que a função da memória é também a de esquecer. Espero que essa função seja ativada em meu cérebro, se é que alguma coisa ainda se ativa em mim.

Conrado e Laurinho haviam se conhecido? Eu não me lembrava. Não, creio que não, eu não esqueceria semelhante desencontro. Se tivessem se conhecido, Conrado teria se mostrado seco e distante; aliás, sem esforço. Era o seu habitual. Além do mais, não gostava de ninguém próximo a mim, principalmente do gênero masculino; ele tinha facilidade para não gostar das pessoas. Coração sempre fechado. Intransponível. Que temperamento. Como era difícil pensar em todas essas coisas ao lado de suas cinzas e escutando a reza murmurante de Hilda. Será que ela só iria parar quando adormecesse? Hilda é o que se convencionou chamar de "carola". São chatíssimas. Rezam e vão à igreja todos os dias. Salvador seria um paraíso para ela. Por anos e anos eu só dormira com Conrado e estranhava a presença de Hilda no quarto. Estranha-se tudo. Conrado dava boa-noite — quando se lembrava —, virava para o lado e dormia. Bem, mas ali estava eu com Hilda. E ainda devia ser grata pela companhia.

Tenho falado apenas dela, mas Hilda não é minha única amiga. Tenho outras, felizmente. Meu pai me alertou cedo na vida para que eu não depositasse meu afeto apenas em uma pessoa, senão certamente me decepcionaria. Segui seu conselho. Papai me ensinou coisas úteis; já mamãe era reservada, silenciosa e observadora. Até hoje sinto falta deles. Se fosse Cristina a estar comigo em Salvador, as coisas naquela noite teriam tido outro rumo. Bem mais favorável. Com seu jeito afetuoso, Cristina teria ajudado a criar um clima agradável à mesa, entre nós e Laurinho. Além disso, ela tem uma boa prosa e gosta de conhecer pessoas novas. Inês também teria sido uma boa companhia. Mas nem uma nem outra foi comigo, e de nada adianta agora eu ficar refletindo sobre isso. Já aconteceu. Perco tanto tempo com pensamentos inúteis... Devo, ao contrário, ser grata a Hilda por ter me acompanhado à Bahia e ter demonstrado tanto carinho por Conrado. Pelo que restara dele. Amigos são os que ficam. O resto desvanece. Apropriado esse termo, porque é o que ocorre. Seria aconselhável dormir, as preces já haviam terminado e Hilda roncava fazia algum tempo. Não sabia que mulher também ronca, sempre pensei que fosse uma característica masculina. Boa noite, Vívian. Assim me despeço depois da viuvez.

Despertei com a voz de Hilda:

"Vívian! Vívian! Seu celular está tocando..."

Hilda me chamava com insistência. O dia clareava. Como são bonitas as manhãs em Salvador, repletas de cores! Deviam ser elas a nos despertar... Custei a abrir os olhos e a encontrar meu telefone. Não é um modo agradável de iniciar o dia. Quando finalmente atendi a ligação, ouvi a voz de meu filho. Despertei de imediato.

"O que foi, Carlos Ozório? Algum problema? Diga, está tudo bem? Por que está ligando tão cedo? Claro que eu deixo você falar. Hein? Casar? Casar com quem, Carlos Ozório? Calma, meu filho. Essas coisas não se decidem assim... quer dizer, até se decidem, mas depois dão errado na certa. Não, estou meio tonta, acabei de acordar. Está feliz? Sim, claro que gostei da notícia. Você só não falou quem é a moça. Oriental? Tem hábitos tão diferentes dos nossos... E dois filhos? Dois? Como você vai estudar? Você nunca lidou com criança... E eles falam português, quer dizer, francês? Hein? Está bem. Nos falamos depois. Felicidades. Um beijo, meu filho."

Marido e filho perdidos. Fim de uma pequena família que se pretendeu feliz e que foi feliz e infeliz na medida certa. Tivemos um lar lúgubre, porém um lar. Nos respeitamos, criamos nosso filho, que havia estudado e se formado e tinha a cabeça no lugar, quer dizer, eu esperava que continuasse tendo. No fundo eu acreditava que a história com a japonesa teria outro encaminhamento. Deus sempre foi bom para a nossa família. Os pais de Ozorinho viveram separados, porém juntos. Estou contando minha história para não perdê-la, já que o esquecimento é ativo. Hilda, sentada em sua cama, me observava. Difícil encadear as lembranças com uma pessoa nos hipnotizando. Achei melhor me dirigir a ela, contar sobre o telefonema.

"Carlos Ozório se casou, Hilda. Disse que ia se casar, mas já deve estar morando com a moça. Quer dizer, estão todos morando no estúdio do meu filho. Uma japonesa com dois filhos.

Fez questão de dizer que eu ganhei dois netinhos. De uma hora para outra, sou avó. Que despertar! Certamente fará mal para a minha saúde. Que abalo..."

"Depois vocês conversam. É cedo ainda, dorme mais um pouco. Não temos hora para sair. Enquanto isso, vou telefonar para a minha irmã, ver como estão as coisas por lá", disse Hilda.

"Veja lá o que vai ouvir, hein? Eu, se fosse você, não telefonaria."

Pouco depois me levantei. Precisava reagir. Lembrei das palavras de meu pai: "Não seja uma *mater dolorosa*, minha filha". Não iria ser. Gostaria muito de saber como Ozorinho estaria escrevendo sua tese com duas crianças ao redor. Vai abandonar os estudos, com certeza. Tanto esforço para nada, meu Deus. Sem contar o investimento que foi feito. Hilda reapareceu. Só falava no celular trancada no banheiro. Dizia que era o único lugar com sinal forte. O meu, que era da mesma operadora, pegava muito bem no quarto. Não queria que eu escutasse suas conversas. Era isso.

"Vamos!", disse, me apressando.

"Já vou, Hilda. Falta pouco para eu acabar de me arrumar. Não há sossego..."

Pretendíamos ir até o Farol da Barra, o cartão-postal da Bahia. Conrado não se cansava de falar dele quando jantávamos e ele então tomava sua taça de vinho. Sempre comedido, nunca se excedeu, uma taça bastava para se soltar. Um pouco. Nunca se excedia em nada, cabia inteiro dentro de si, enquanto eu transbordo. Meu filho alugara um carro para ficar à nossa disposição. Quando chegássemos à portaria, estaria nos aguardando. Antes de sairmos do quarto, Hilda e eu tivemos uma ligeira altercação a respeito da urna. Se a levaríamos ou não. Eu não queria ficar passeando com as cinzas de Conrado por Salvador. Não ia me sentir bem. Nem ele gostaria de ficar passeando por sua terra naquele estado. Resolvemos, por fim, deixá-las no quarto e só as levarmos quando eu tivesse decidido qual seria o melhor lugar para depositá-las. Conrado me fizera prometer que eu não espalharia seus fragmentos por diversos lugares. (Como tudo isso é horrível, meu Deus...) Havia sido um homem de total inteireza e assim pretendia seguir até o fim.

No elevador, Hilda disse:

"O Farol da Barra é um dos postais de Salvador. Um dos mais antigos cartões-postais, Vívian. Tem vinte e dois metros de altura e é todo pintado com bandas pretas e brancas. Foi construído no interior do Forte de Santo Antônio."

"Conheço Salvador de cor, de tanto Conrado falar da terra dele, além de já termos estado aqui há muito tempo, eu e ele."

Hilda disse que só estava tentando ajudar. É de uma susceptibilidade... Qualquer coisa a ofende. Andou falando com a irmã e as notícias não devem ter sido boas. Família é algo incontornável, por mais boa vontade que se tenha. É raro, uma boa notícia familiar. Quase sempre elas são desestabilizadoras, não há equilíbrio que se mantenha depois de escutá-las. Daí não sermos sãos. Termos problemas insolúveis. Basta pensar no que me aconteceu neste amanhecer. Eu não queria voltar a pensar no casamento de Ozorinho, mas o assunto ainda não tinha encontrado um rumo dentro de mim, se é que encontraria.

"Hilda, você sabe que Salvador nasceu na Barra? Sobre isso talvez você não tenha lido. E acho que já escolhi o lugar ideal para Conrado antes mesmo de vê-lo."

Algo me dizia que ele gostaria de ficar na praia do Farol da Barra. Diversas vezes havia me contado que, quando rapazola (meu pai falava assim), costumava ficar nessa praia até tarde e assistir ao pôr do sol. Era o mais bonito que vira em toda a vida.

E Conrado não era homem de exageros. Hilda silenciara, certamente achava que fazíamos turismo. Não estava de todo errada. Também, é claro. Mas não iria dizê-lo. Tudo a choca.

"Depois de visitarmos o Farol, podemos almoçar por lá e ficarmos até o pôr do sol. O que você acha, Hilda?"

"Não gostaria de ficar até tão tarde. Ainda estou com aqueles problemas."

Referia-se a seu intestino. Todo dia aquilo. Em São Paulo também. Vivia se queixando. Eu já havia lhe perguntado se consultara um médico e ela me contou que fora a vários especialistas e que todos tinham dito o mesmo: não havia nada de errado com o seu aparelho intestinal. Ainda assim, todos os anos Hilda fazia aquele exame infernal, que, além de confirmar que os médicos estavam certos, era como ela conseguia perder peso. Na última consulta, um médico lhe dera um poema. Em vez de sair de lá com uma receita, Hilda saíra com uma poesia. Muito bonito. Me emocionei com essa atitude do médico. E ela, pétrea. Só podia ter uma sensibilidade próxima do zero. Enfim, sua preocupação não tinha fundamento, a não ser revelar seu mau funcionamento mental.

"Você já fez análise, Hilda?"

"O que você está querendo insinuar?"

"Às vezes pode ser um problema emocional."

"Não tenho problemas."

"Não tem problemas?"

Silenciou. Não havia o que dizer, claro. Não tem problemas. Sério, isso. Alguém se declarar sem problemas.

"Chegamos, pronto, chegamos! Pode parar aqui. Como é o seu nome?", perguntei ao motorista.

"Pode me chamar de Costa. Sou conhecido assim."

"O senhor não tem sotaque baiano."

"Estou aqui há muito tempo, mas sou do Rio. Carioca. Carioca e Flamengo."

"Está bem, seu Costa, pode nos deixar aqui, o resto fazemos a pé."

"Estarei aqui quando as senhoras voltarem", o ouvimos dizer.

Contratar esse motorista para nós fora uma ideia maravilhosa, só podia ser ideia de Ozorinho. Com ele me sinto resguardada mesmo que esteja a léguas. Conrado também me transmitia essa sensação. Bem, são pai e filho.

Meninos pedintes se aproximaram de Hilda querendo dinheiro.

"Não dê confiança, Hilda, senão não faremos outra coisa. Ande, respire a poesia que o panorama ilumina! Saveiros, Farol da Barra... Lá está ele! Vamos nos aproximar, caprichando para não cair. Cada pedregulho... Nenhuma de nós pode se quebrar, porque depois não haverá mais conserto."

Hilda fechou a cara. Não gostava de nada que eu dizia. Mas talvez eu tivesse mesmo me excedido. Às vezes acontece. Conrado dizia que eu era uma mulher franca e que nem todos apreciam a franqueza. E ele era crítico. Nem todos apreciam pessoas críticas, eu rebatia com um certo temor, sempre. E ele silenciava. Às vezes.

"Sabe que eu faço confusão com essas praias, Hilda? Sei que uma delas tem o mar bravio e a outra é de águas calmas. Mas não sei qual é qual. Por falar nisso, qual delas você prefere?"

Ela continuava emburrada.

"Para tomar banho eu prefiro calmaria, mas para apreciar eu gosto de mar revolto, ondas grandes se chocando, estrondos fortes, correntezas, pororoca... Não, acho que errei. Pororoca é um fenômeno fluvial, não é, Hilda?"

"Pororoca ocorre perto da foz dos rios."

"Pois é, algo me dizia que eu estava equivocada. Mas é lindo aqui, não acha? O Farol, que estamos vendo desde que chegamos, fica num promontório. Vamos até lá."

* * *

Depois de contornarmos o Farol, decidi que as cinzas de Conrado seriam depositadas ali. Era o lugar onde ele havia passado seus dias de menino meditativo e isolado dos demais. Assim eu o imaginava, e uma noite, no jantar, Conrado me confirmou. Essa solidão resultou em um homem cerimonioso com os outros e consigo mesmo. Tratava-se com total reverência. Era assim, naturalmente. Requintado no amor-próprio. E ainda havia o detalhe de todas as noites se pentear antes de ir para a cama. Um dia lhe perguntei por que se penteava. "Para que os sonhos me encontrem composto", ele respondeu, e quase sorriu. Que humor... inesperado.

Onde estávamos? Ah... no Farol da Barra. Depois que escolhi o lugar do funeral de Conrado, como Hilda insistia em denominá-lo, fomos almoçar num pequeno restaurante cheio de jovens praticamente nus, não fossem os brincos, os colares e as pulseiras, sem contar as tatuagens espalhadas pelo corpo. Caminhamos para a parte de trás do lugar a passos céleres. Ninguém imagina como é o alarido e as risadas dos baianos. Como eles se divertem. Enquanto almoçávamos em uma zoeira absoluta, Hilda se mostrando extremamente desgostosa, fui surpreendida por um comentário seu. Disse que eu não era mais a mesma, que havia mudado muito.

"E não era para mudar, com toda a mudança que minha vida sofreu, Hilda?"

"Não", disse ela.

Tencionava me contrariar?

"Como, não? Uma coisa é estar casada, outra ficar viúva. A vida esvazia de uma forma assustadora, mesmo eu tendo como companheiro alguém como Conrado, que falava estritamente o necessário."

"Eu me sinto a mesma."

"Somos mulheres diferentes, Hilda. Sozinha, eu me sinto outra pessoa, como se voltasse a ter contato com a menina que fui. Tenho me lembrado muito de meus pais. Parece que quanto mais velhos nos tornamos, mais recuamos nas lembranças. Tenho medo de acabar me lembrando apenas de uma tia centenária, na verdade já era um fragmento, digamos."

Silêncio.

"Hilda, me responde uma coisa que estou para te perguntar desde que chegamos: você está aborrecida por ter vindo?"

"Não."

"Por que então tem conversado tão pouco comigo?"

"Estou conversando."

"Está se esforçando, sem dúvida."

"Está bem. Então acho melhor irmos andando."

Deve ter sido o mar. Provoca reações estranhas nas pessoas. Onde moramos temos pouco contato com a natureza. Granizo, cinza, garoa são elementos que não devem favorecer a expansão.

"Vou pedir a nota", eu disse.

Logo que nosso motorista nos viu, acenou, e fomos em direção ao carro. Já acomodadas, resolvi contar uma passagem da minha vida a Hilda.

"Hilda, sabe que uma vez, há muito tempo, uma prima que mora nos Estados Unidos, na Carolina do Norte, casada com um americano, hospedou-se em nossa casa. Ela e o marido. Conrado ficou contrafeito tão logo dei a notícia de que eles viriam. Ele falava apenas francês, detestava inglês. Dizia que era um idioma pobre. E também não gostava de ter gente em casa, você sabe. Excetuando você, já comentamos sobre isso, todo mundo o incomodava. Profundamente. Imagine então o que foi aquela semana que minha prima e o marido passaram em nossa casa. Tão logo chegaram, a ordem de Conrado desestruturou-se. Qualquer pessoa tinha esse poder, bastava que pisasse no território dele, todo mapeado segundo seus critérios imaginários. O banheiro então... ele não podia ver um pingo d'água fora do lugar. Bem, mas o fato foi que essa minha prima e seu marido beberam todas as nossas garrafas de vinho e as de uísque, que eram poucas. Tudo isso se divertindo, rindo e falando apenas em inglês. Happy, o nosso cachorro, coitado, era profundamente infeliz em nossa casa... Você o conheceu, não conheceu?" Hilda me olhava. Acompanhava o que eu dizia? "Bem, o cachorro era proibido até de latir. Quando isso acontecia, Conrado pedia que eu tomasse providências. Mas continuando: Happy, estranhando as visitas, latia para eles várias vezes, mas nada incomodava o casal. Que relação. Conrado não foi trabalhar naquela semana, porque se transformou no inspetor do nosso *boiler*, digamos assim. Ligava-o de manhã, tomava o banho dele, esperava que eu tomasse o meu e, em seguida, desligava-o. Só depois sentia-se liberado para sair de casa. Havia se desincumbido de sua tarefa diária. Entrava em grande atividade quando um dos fusíveis queimava, apesar de ter peças sobressalentes em uma gaveta. Precavido como ele nunca conheci ninguém. Bem, mas voltando aos meus primos. Eles começavam o dia no banho, depois tomavam outro antes do almoço, à tarde tomavam mais um porque se diziam encalorados — e estávamos em pleno inverno paulistano — e à noite não se deitavam sem antes entrar no chuveiro. Conrado passou toda aquela semana diante do quadro de luz. O dia inteiro manipulando disjuntores. Lembrava uma cena chapliniana, da qual não me recordo. A memória já está em uma de suas funções. Se você não sabe, Hilda, sinto lhe comunicar que é a função do esquecimento. Garanto que você nunca tinha ouvido falar..."

Quando acabei, ela limitou-se a me olhar com um meio sorriso nos lábios e não pronunciou uma palavra até chegarmos ao hotel.

Enfezada...

Assim que o carro nos deixou em frente ao hotel, vi Laurinho (Laurinho?) surgir de trás dos janelões de vidro do saguão e sair para a rua em nossa direção com um sorriso no rosto. É ele mesmo?, duvidei. Por aqui outra vez?

"Estava esperando vocês. Gostaria de convidá-las para jantar comigo esta noite. Pode ser no hotel ou em algum restaurante da cidade. Aceitam?", perguntou, sorrindo.

Continuava com o mesmo sorriso de menino. Tão bonito...

"Claro", respondi prontamente.

Hilda agradeceu, mas disse que tinha que resolver algumas coisas. Depois de eu ter contado onde passáramos o dia, ele comentou que devíamos estar cansadas. Laurinho e eu combinamos de nos encontrar mais tarde. Voltaria para me buscar às oito da noite. Concordei, e nos despedimos. A esta altura, Hilda já se encontrava diante da porta do elevador.

Ao entrar no quarto, apressada como sempre, alteou a voz:

"Levaram a urna!"

"Como, levaram a urna!? Calma, Hilda. Não grita. Não tenho estrutura, você sabe. Procura bem antes de me assustar desse jeito."

"Teria sido melhor se a tivéssemos levado conosco. Bem que eu queria", disse ela, andando às tontas pelo quarto.

"O que você está dizendo, Hilda? Mas que desassossego..."

"Devíamos ter levado a urna conosco."

Hilda devia estar pensando que eu a tinha convidado para ser minha transportadora da urna. Pois se equivocara. Ninguém se entende mesmo, o fato é esse.

"Vamos procurá-la", eu disse.

Comecei a achar que podíamos ser presas em plena Salvador por causa do desaparecimento das cinzas. Caso elas não fossem localizadas, eu teria que telefonar incontinente para Carlos Ozório a fim de que ele tomasse as providências necessárias. Mas já via meu rosto e o de Hilda estampados na primeira página dos jornais da Bahia. Velhas transportam despojos de São Paulo para a Bahia. De quem seriam? Estariam a mando de alguém? A polícia de Salvador já entrou em ação. As duas se encontram detidas na delegacia para prestar depoimento. Segundos depois, consegui raciocinar melhor.

Em vez de me ajudar, Hilda tinha fugido para o banheiro, lugar de sua predileção.

Sozinha, profundamente alarmada, comecei a procurar pelo que me restara: as cinzas de meu marido. Onde teriam ido parar? A vida toda Conrado tinha sido um homem trabalhoso, e agora nem mesmo sob a forma de cinzas me dava paz. Impressionante. Não teria sido melhor avisar à recepção? Em seguida, me arrependi da ideia. Como tinha pensado em uma coisa dessas? Sabe-se lá o que poderiam pensar por estarmos guardando uma urna no quarto. Ora, Vívian.

Existem pessoas que não trazem sorte às outras, isso é mais do que sabido. Achei que Hilda devia ser uma delas. Lembrei de um amigo escritor que dizia que bastava sua mulher dar uma olhada nos seus originais para que ele nunca conseguisse publicar o livro. Eu me abaixava em todos os cantos do quarto, mesmo sem a menor condição física de fazer isso. Tudo dói na minha alma extensa como o universo, pensei, repetindo Fernando Pessoa. Não, seu heterônimo Álvaro de Campos. Eu já pensava nos dois tranquilizantes que iria tomar depois. Soube de uma mulher que ingeriu três desses comprimidos e morreu em seguida. Li no jornal. Cada notícia bárbara. Voltei a procurar a urna na mesa onde Hilda a havia deixado na noite anterior, rodeada pelos vasinhos de flor; não se encontrava lá. Olhei na mesa de cabeceira entre a minha cama e a de Hilda. Só encontrei chinelos dela. Vários. Para que tantos pares? Comecei a transpirar e a ter um início de taquicardia. É o que acontece quando meus nervos são acionados. Hilda abriu a porta do banheiro.

"Achou?", perguntou ela.

Cada vez que ela sai do banheiro, espera que uma mágica tenha acontecido.

"Não. Mas posso lhe adiantar que estou bem mal."

"Olha lá a urna, Vívian! Ao lado do seu computador! E tem um bilhete embaixo dela..."

Fomos tão rápido e ao mesmo tempo na mesma direção, que trombamos e, por pouco, não fui ao chão.

Lemos o bilhete: "Se as senhoras desejarem guardar suas joias no cofre do hotel, basta ligar para a recepção".

Nos entreolhamos.

"Joias!", Hilda exclamou espantada.

"Não deixam de ser, só que de outra natureza", eu disse.

Eu não sabia se tinha feito bem em aceitar o oferecimento de Hilda para me acompanhar. Ela exaure qualquer um.

4.

"Abre a urna, Hilda, por favor, vê se as cinzas estão aí. Não tenho condições, você sabe. É meu marido que está aí dentro. Essa arrumadeira do nosso quarto deve ser muito bisbilhoteira, garanto que abriu pensando que fosse uma caixa de joias. Não viu o bilhete que ela deixou? Nem marido morto deixam em paz."

Hilda abriu a urna, espiou e tornou a fechá-la.

"Estão", confirmou.

Era de uma economia verbal... Se pudesse, Hilda se expressaria apenas com uma palavra. Depois me lembrei de sua gagueira e achei que andava sendo intransigente demais com ela.

"Acabei me atrasando... Vou tomar uma chuveirada. Caso Laurinho ligue, diga que em meia hora estarei lá embaixo."

Não houve resposta. Aborreceu-se. Deve estar amolada porque vou sair.

"'A Bahia que estimamos mora juntinho ao Terreiro. Fica de Monte Serrat à Baixa do Sapateiro. Anda de torço e chinela, brinca no largo da Sé, chupa roletes de cana, da boa cana-caiana, come os quindins da baiana, caruru e acarajé...'" Será que era o que eu ia jantar nessa noite? Era muito pesado. Não estava acostumada. Antes precisava me aclimatar. Eu teria de avisar a Laurinho tão logo saíssemos para o restaurante.

"Seu amigo está esperando", disse Hilda, assim que abri a porta do banheiro.

"Por que não bateu pra me avisar?"

"Você estava declamando."

Não respondi. É melhor deixarmos sem resposta grande parte do que escutamos. Evita o desgaste neurótico. Me vesti rápido; rápido é modo de dizer, digamos que me vesti mais ligeiro do que o habitual. Durante o banho eu já tinha escolhido a roupa, assim não me atrasaria ainda mais. Passei meu perfume predileto, pus meu colar de pérolas, peguei a bolsinha e saí para o corredor, avisando a Hilda que estava levando o celular. Andava tão afoita na Bahia...

Assim que a porta do elevador se abriu no térreo, avistei Conrado (elegante..., lenço no bolso da lapela, provavelmente de seda; há quanto tempo eu não via um detalhe como esse) caminhando na minha direção. O que eu disse agora: Conrado... Vou acabar trocando os nomes. Depois de nos cumprimentarmos com dois beijinhos no rosto, Laurinho deixou um "bela!" no ar. Demorei um pouco a entender que era para mim. Não havia outra mulher à vista. Há quanto tempo eu não escutava algo semelhante. É uma festa ouvir um elogio a esta altura da vida. Conrado nunca foi homem de elogios. Talvez me tenha feito não mais que meia dúzia deles no decorrer do nosso casamento. O que me causava sempre surpresa. A comparação com Conrado é sempre inevitável, que cansaço!

Ao longo da vida me descobri uma mulher bonita. Fui uma menina feia. Bastante. Cresci desordenadamente, sem harmonia. Como se tivesse sido mal projetada. Dentes grandes e separados, orelhas acabanadas, pés enormes e baixinha. Salva pelos olhos. Grandes, verdes, cristalinos. Um dia um amigo de meu pai disse que eu tinha olhos de cristal. Eu desconhecia a palavra. Que eu me lembre, foi o único elogio recebido em toda a infância. Percebi que era elogio pelo olhar carinhoso que me foi dirigido, mas eu não sabia do que se tratava, e também esqueci de perguntar. Meus pais nada comentavam sobre a filha que tinham, mas eu notava um desalento no olhar dos dois. Além da feiura, eu ainda era prejudicada na verticalidade. Fui baixinha até os dezesseis anos. Depois disparei, me tornando uma moça alta para os padrões da época. Atribuo essa acelerada repentina ao balé e à natação, que pratiquei durante anos. Mas quanto à feiura nada havia a fazer, ali ela estava, estampada em meu rosto até os dezesseis anos, idade que foi um marco na minha vida. A natureza aos poucos começou a caprichar aqui e ali e eu melhorei sensivelmente. A ponto de um dia, quando eu saía de casa para uma festa, meu pai dizer que eu estava *flamboyante*!

Voltando à extrema novidade daquela noite com Laurinho, eu não sabia se ainda seria capaz de despertar elogios. Às vezes, basta uma palavra, uma única palavra, para saciar uma fome imensa. Um homem galante sabe como agradar. Laurinho havia se tornado um deles. Segurou-me pelo braço e saímos rumo a nossa história interrompida. Havia um longo caminho a percorrer.

"Vamos entrar?", sugeriu ele, abrindo a porta de um carro estacionado em frente ao hotel e apontando para o seu interior. Dentro havia um motorista.

"Claro, claro..."

Assim que o carro saiu, Laurinho propôs irmos a um restaurante francês, pois a comida baiana poderia nos pesar à noite. Perguntou se eu estava de acordo. "Inteiramente", respondi. Ele sorriu e, inclinando-se para a frente, deu ao motorista o nome de um restaurante. Depois, voltando-se para mim, comentou que eu iria gostar, o restaurante ficava em frente à praia e, embora já tivesse escurecido, poderíamos sentir a brisa marinha que soprava nas noites de Salvador. Pouco depois, entrávamos num local pequeno e acolhedor iluminado por velas. Ideal para um encontro amoroso. O que eu estava fazendo ali com aquele homem, se tinha ido a Salvador com as cinzas de meu marido e a incumbência de me despedir dele? Pensando bem, Laurinho e eu éramos como irmãos. Havíamos passado a infância juntos. Eu tinha convivido mais com ele do que com qualquer outro amigo ou amiga; filhos únicos, nos fazíamos companhia.

Vamos brincar de casinha? Eu sou a mãe, você é o pai.
E o filho?
O filho é aquela frutinha que caiu da árvore.
Aquilo é cocô...
Não é cocô, Laurinho!

Tudo que tínhamos naquela época era um ao outro. E nos tivemos por muitos anos, até quase nos perdermos para sempre, não fosse esse encontro totalmente inesperado. O acontecimento nos espera — sempre.

"Posso servir a senhora?", perguntou o garçom enluvado, com uma garrafa de vinho inclinada em uma das mãos.

Enquanto isso, Laurinho me explicava a procedência do vinho, perguntando se eu gostava da uva Cabernet. Um *connaisseur*...

"Sim, claro", respondi.

Eu queria ver que alterações o vinho iria provocar em Laurinho. Eu costumo rir à toa quando bebo; Conrado transmutava-se em outro.

Depois dos brindes ao nosso reencontro, ele perguntou:

"Você está em Salvador a passeio, Vívian?"

"Não bem a passeio, embora estar aqui seja sempre um passeio. Na verdade, vim por um motivo triste. Perdi meu marido, que morreu subitamente, então viemos, essa amiga e eu, atender a um pedido dele e trazer suas cinzas para serem deixadas aqui em Salvador, cidade onde o Conrado nasceu."

"Sinto muito, querida."

Querida duas vezes.

"Hoje escolhi o local. Será no Farol da Barra."

"E quando será a cerimônia?"

Cerimônia? Sim, não deixava de ser uma cerimônia.

"Provavelmente amanhã ou depois."

"Se quiserem que eu as acompanhe, estou à disposição."

"Obrigada, Laurinho."

A conversa não tomava um bom rumo: vinho, amigo antigo, despedida de um marido, poderia ser fatal... Vivo assim, à beira do descontrole, desde que meu filho saiu de casa e perdi meu marido. Não, não estou sendo sincera. Digamos que meu desequilíbrio tenha se acentuado com a ausência de ambos. Não há mulher que se recupere. Além do mais, é muito difícil ser mãe no vazio. Dois homens perdidos que não me saíam da cabeça: Conrado e Ozorinho. E lá estava eu com um terceiro, que na verdade havia sido o primeiro.

"Você então está passando por um momento difícil. Foi seu único casamento, Vívian?"

"Foi."

"Tiveram filhos?"

"Sim, um filho maravilhoso, que está morando em Paris, escrevendo a tese dele de doutorado."

Não iria falar da invasão dos japoneses na família, era recente.

"Também tenho um filho único."

"Ah, é? O que ele faz?"

A conversa tomou outro rumo. Salva pelos filhos.

"Também está na Europa. Foi fazer contatos de trabalho em Londres. Poderíamos aproximá-los, o que você acha?"

"É uma boa ideia. Não agora, que meu filho anda atrapalhado com a tese, mas mais adiante podemos colocá-los em contato."

Estávamos liquidando a garrafa de vinho junto com a entrada. Que diferença de Conrado. Então o maître apareceu com o cardápio e entregou-o a Laurinho, que declinou (faz tempo não uso esse verbo) cada prato com as bochechas vermelhas e a boca rubra. Assim eu devia estar também. Um casal de idade bebendo desmesuradamente. Nem sei como me lembrei dessa palavra agora.

No final do jantar, tonta e confusa, eu deixava coisas caírem, franzia a toalha da mesa, ria à toa; descontrolada, enfim. Laurinho é simpático, alegre, carinhoso e loquaz (boa palavra para defini-lo), mas eu havia me desacostumado de homens falantes, além de ser difícil acompanhar a velocidade de sua fala. Devia estar ansioso. Ninguém fala tanto o tempo todo. E eu, acostumada ao silêncio. Aos silêncios, melhor dizendo. Ou, melhor dizendo, ainda: ao sepulcro. Não preciso me repetir a respeito do temperamento de Conrado. Conrado, sempre ele atrapalhando minha mente, que, naquele momento, afogueada e febril, escorria para todos os lados, borbulhando, desfazendo conexões.

Durante o jantar, Laurinho contou muitos episódios de sua vida, uma profusão de acontecimentos, em uma tentativa, a meu ver, de diminuir o tempo em que estivemos separados; como se aquele encontro marcasse um novo começo. Creio que gravei metade de tudo que ele disse. No final, acho que foi bem no final, entendi que se tornara musicólogo (mas não era desembargador?... eu custava a entender as coisas). Ri mais ainda, porque achei graça na palavra. Na verdade, eu ria à toa. Acho que ele percebeu meu descontrole, mas continuou falando sobre sua nova paixão enquanto eu me perdia entre *berceuses*, sonatas e noturnos. Completamente aturdida. Minha cabeça se transformara em uma confusão sonora de ondas trovejando, voz de Laurinho e ruído de talheres e pratos. Fechavam o restaurante? Perdia-me a todo momento. Acho que ele notou meu estado, porque disse que em um próximo encontro me explicaria melhor sua nova atividade. Ainda bem, pois eu não tinha condições de ouvir mais nada. Ele continuava firme e eu, por deliberação vinda de não sei que parte minha, decidi não emitir mais uma palavra, desnorteada (e embriagada) que estava. Não era fácil me privar da palavra, mas o momento exigia que eu me calasse, antes que eu fizesse um papel lamentável.

Na saída, enquanto seguíamos até a porta, pensei no que Laurinho havia dito: um próximo encontro. Eu iria morrer de beber na Bahia, fazer companhia a Conrado. Cabernet fortíssimo.

O carro dele nos esperava diante do pequeno restaurante francês. Assim que nos sentamos — ou fui sentada?, não lembro —, Laurinho pegou uma de minhas mãos e não a largou mais até chegarmos ao hotel. Vi-me reduzida a outra. Por mim, ficaria rodando pelas ruas de Salvador — Bovary nascida no banco de trás do carro — de mãos dadas com Laurinho o resto da vida. No paraíso. Ao chegarmos ao meu hotel, ele saltou, levando consigo minha mão e me puxando com delicadeza do carro. Lá fora, com um gesto bailarino, me abraçou. Ou terei sido eu que o vi dançar? Eu poderia ter ficado naquele abraço prolongado o resto dos meus dias. "Vamos recriar nosso mundo, Vivi", ele murmurou, e então, roçando meu rosto, seus lábios deslizaram até encontrarem os meus. Nesse instante, meu celular tocou e eu disse: "Deixa, deve ser minha amiga para me dizer que está chovendo".

Chovia?

"Conhecendo um velho amigo", foi o que eu disse a Hilda assim que entrei no quarto, tropeçando, depois de esbarrar no capacho. Deparei com a urna e desviei o rosto, quase pedindo perdão a Conrado. Hilda disse que Carlos Ozório havia ligado para o celular dela à minha procura, pois o meu não respondia. Soou o alarme da ansiedade ao ouvir o nome de meu filho. Sentei-me na cama. Sentia-me ainda mais confusa com o telefonema de Carlos Ozório. O que estaria acontecendo? Será que ele não estava bem? A japonesa tinha ido embora? Estaria grávida? Pensava nisso tudo enquanto procurava o celular dentro da bolsinha. Um celular perdido em uma bolsa tão pequena... Hilda já rezava. Vou falar com Ozorinho tendo ao fundo as orações dela.

"Alô, meu filho, sou eu, sua mãe. O que aconteceu? Não, eu não escutei. Hein? Jantando fora com um amigo. Não, ela não quis ir, preferiu ficar no hotel. Você não conhece. É do meu tempo de menina. Claro que sei que estou de luto, Carlos Ozório, como ia esquecer? (Tive vontade de dizer que praticamente passei a vida de luto pelo pai dele.) Mas por que você ligou? Está acontecendo alguma coisa? Não estou estranha, não. Diz, meu filho, o que você quer? Hein? Quando vai ser isso? Está bem, até lá tem tempo. Quando voltar, vejo isso. Ainda bem que temos três quartos. Hein? Não há nada comigo. Estou bem. Estranha? Não, estou cansada, deve ser isso. Não, não tenho escrito. Não dá tempo. Agora preciso ir dormir porque estou zonza de sono. Está bem. Boa noite. Um beijo, filho."

"Está acordada, Hilda?", arrisquei perguntar, pois ela terminara de rezar. As orações tinham sido curtas.

"Hmm?", fez Hilda.

"Carlos Ozório disse que vai vir com a família. *Família*, ouviu bem? Vai chegar a São Paulo no mês que vem", disse, tentando tirar o vestido. "E eu só falo inglês, e assim mesmo já esqueci muita coisa."

"Minha irmã tam-também ligou. Disse que a Sofia Raluca está pa-pa-para chegar."

"Quem é maluca?"

"Ninguém é maluca. Você be-bebeu, Vívian? É a nossa pa-pa-pa-parenta que mora na Romênia, esqueceu?"

"Ninguém é maluca, Hilda?..." Tive um acesso de riso que pareceu que não ia acabar. Consegui continuar: "Bebi muito. Proba... poroval... pro-vavelmente será uma temporada etílica", eu disse, enfim. "Vamos apresentar os japoneses à sua parente, Hilda? Ela já esqueceu como se fala o português, não é? Será então a festa do riso...", continuei, rindo.

Hilda estava séria. E gagueja quando fica nervosa.

"Va-vamos dormir, Vívian", disse.

"Eu não tenho problema em me alegrar, em sofrer, me desesperar, chorar. Você tem, Hilda?"

"Estou com so-sono."

Grande companhia.

Mas o que havia acontecido mesmo nessa noite? Laurinho e eu tínhamos nos beijado? Nunca mais eu ia olhar para a urna. Se Hilda soubesse... Claro que ela sabia. Mulher sempre sabe. Será que estou me apaixonando? Sou uma viúva recente. Quero dizer, decente. O que está acontecendo com o meu coração? Os meninos solitários se reencontraram? Acho que vou chorar. Melhor dormir.

Boa noite, Vívian.

* * *

Acordei com o vestido da véspera no corpo.

"O que foi, Hilda? Por que está me olhando assim?"

"Você dormiu de vestido."

"Não pude contar com sua ajuda para descer o fecho, não foi?"

"Vamos ao Mercado Modelo?"

"Eu preferia visitar o Solar do Unhão, mas podemos deixar para outro dia. O que você quer ver lá no mercado?"

"Umas coisas."

Voltaríamos carregadas de compras, com certeza. A compulsão de Hilda é séria. Ainda bem que tínhamos nosso motorista.

Antes de sairmos, Hilda disse que precisava dar um pulinho no banheiro. Pulinho. Me refestelei imediatamente na poltrona. De costas para a urna. Nesse momento, meu celular tocou.

"Alô? Bom dia, querido. Acordei bem, sim, e você? Foi delicioso. Adorei. Bebemos um pouco demais, hein? Não? Está bem. Que proposta? Diga."

Hilda saiu do banheiro.

"Um instantinho", eu disse a ele. Em seguida, dirigindo-me a Hilda: "Já volto".

Fui para o corredor.

"Pode falar, Laurinho. Que proposta? Humm… Está bem. Mas não nesses dias, que preciso cuidar das cinzas do meu marido. Não sei, acho que depois de amanhã ou mais para a frente, está bem? Hoje Hilda quer ir fazer compras no Mercado Modelo. Tenho que acompanhá-la senão ela fica por lá e não volta nunca mais. Sim, nos falamos."

Laurinho havia proposto que eu fosse a seu escritório ouvir música, conversar, sem a interferência de terceiros. Ficarmos à vontade.

Abaixa a calcinha.
Pra quê?
Quero ver. Anda, Vivi…
Vou contar pra minha mãe…
Laurinho saiu correndo.

Resolvi deixar para ficar nervosa depois. Confusa eu já estava. E bastante. Que reencontro, esse em Salvador! Hilda, apressada, saiu na minha frente, como se não quisesse andar a meu lado. Quem sabe não quisesse mesmo. Desagradamos às pessoas com uma facilidade espantosa. Agradamos também… No elevador, tentei trazê-la de volta para mim:

"Hilda, sabe no que eu reparei depois de muitos anos? Que você não chora nem ri. Por quê? Tem alguma coisa contra o riso e o choro? Pra você são manifestações exageradas?"

Ela ia apenas esboçar um sorriso, mas resolveu responder:

"Às vezes não entendo suas perguntas."

Era de uma concretude à prova de qualquer palavra.

"Não ligue, às vezes eu também não entendo", eu disse, para desanuviar.

Ela esboçou um sorriso, que ficou pela metade. Que dificuldade…

Já estávamos dentro do carro, seguindo para o Mercado Modelo, quando meu celular tocou. Pronto, Laurinho agora vai me telefonar a todo instante. Como ele fazia quando éramos pequenos, batendo a todo momento no portão lá de casa para me chamar.

"Alô?", eu disse. "Oi, Cristina! Tudo bem? Sim, continuo em Salvador. Estou, estou menos triste. Hilda tem procurado me alegrar." Pisquei para ela, que balançou a cabeça. "Não, ainda não. Já escolhemos o lugar, devemos depositá-las lá amanhã ou depois, estou dependendo da Hilda." Voltei a piscar para ela, que virou o rosto para a janela. Para rir escondido? "É, ainda bem que ela veio, ia ser muito difícil ficar sozinha em um momento como este. E você, como vai? Cansada do marido? Eu sei, eles cansam mesmo, mas nós também devemos cansá-los, não é?", eu disse, rindo. Cristina riu também. Hilda tamborilou com os dedos na bolsa. O que significava aquele gesto? Cansada? Irritada? Nervosa? "Também estou com saudades. Quando eu chegar, ligo pra você. Vamos, vamos, sim. Um beijo, querida."

"Era a Cristina, para saber de mim."

"Ouvi a conversa."

"Ela é uma pessoa tão agradável, não acha, Hilda?"

Não houve resposta.

"Outra coisa que eu também reparei em você, Hilda, depois de anos de convivência, é que seu humor não é nada bom. Acho que você gostava mesmo era do Conrado."

"Um homem íntegro, honesto, honrado, além de ser um gentleman."

Pronto, eleita a defensora de Conrado. A guardiã de sua memória. Então era isso. Hilda sempre tivera uma queda por Conrado. Por isso reprovava minha conduta em Salvador. Tinha entendido, finalmente.

"Chegamos. Vamos descer, Hilda. Depois você continua falando bem do Conrado, enumerando todas as qualidades dele."

5.

Quando menina, eu só queria me vestir de branco. Assim estaria sempre pronta para a qualquer momento me casar com Laurinho. De dentro do vestido eu dizia: "Quero casar com Laurinho, quero casar com Laurinho...". Meu pai perguntava qual era a brincadeira. De noiva? "De nuvem", eu respondia. Ele balançava a cabeça sorrindo. Laurinho, quando me encontrava, também perguntava sobre o vestido. "Para casar com você", o vestido respondia. Mas ele não ouvia. Talvez fosse mais prudente escrever nossa história que retomá-la. Laurinho daria um grande personagem. Roubaria para si as melhores cenas. Precisaria só de alguns acertos, coisa pequena. E seria a história de amor de um casal que se conheceu nos tempos felizes da infância, se perdeu no transcorrer da vida, se reencontrou por acaso na velhice e sonhou em recriar o mundo deles. Como a proposta que ele tinha me feito. Vou acalentar essa ideia.

Deitada, eu pensava nessas coisas, enquanto Hilda se agitava para lá e para cá no quarto. É incansável. Difícil sonhar quando se tem por perto uma amiga com esse perfil. Ela tentava guardar duas sacolas cheias de compras feitas no Mercado Modelo em uma das gavetas da cômoda, que não queria engoli-las de jeito nenhum. Eu mesma contribuíra com um presente atrasado de aniversário, escolhido por ela. Bugiganga, que ela adora. Depois dessa operação, à qual Hilda se entregava com furor e agonia, sairíamos para, finalmente, atender ao pedido de Conrado, que não queria ter suas cinzas espalhadas, e sim depositadas, na cidade de seu coração. Não sendo religioso, por que teria feito questão desse cerimonial, obrigando-me a me deslocar de São Paulo para deixar suas cinzas na Bahia? Acreditaria que através delas se recomporia em seu local de nascimento? Talvez Conrado nutrisse o pensamento mágico de que, juntas, elas formariam um novo Conrado. Com toda uma vida pela frente. Ele acreditava em alguma coisa, ou a temia, porém jamais deixou transparecer. Pelo contrário, mostrava-se sempre cético, além de desassombrado diante de qualquer situação.

"Quem leva a urna?", perguntou Hilda.

A todo momento ela parecia esquecer que ele tinha sido o *meu* marido e que isso representava uma emoção forte, quando não uma comoção.

"Você, não é, Hilda? Mas quando chegarmos ao Farol, você passa as cinzas para as minhas mãos. Faço questão de depositá-las, acho inclusive que é minha obrigação como viúva. Espere um pouco. Vou pegar uma caixa de lenços de papel, posso precisar."

Nunca sei o que esperar de mim.

Para duas senhoras conduzindo uma urna, até que chegamos rápido à portaria do nosso hotel. Seu Costa já nos esperava. Igual. Pontual. Logo que o veículo se pôs em movimento, meu celular tocou. Na hora pensei em colocar um som de trombetas nele. As notícias vinham sendo anunciadoras de novos acontecimentos. Gostaria de comentar essa ideia com Hilda, mas ela não entenderia e, se entendesse, não apreciaria. Hilda murmurava coisas desde que saíra do quarto. Resmungava o tempo todo. Estava velha mesmo. Pouco depois percebi que rezava. Uma cantilena insuportável, quase reclamei, não fosse a excepcionalidade da situação.

Celular a todo momento... O que seria dessa vez?

"Alô. Tudo bem, meu filho? Estamos levando as cinzas de seu pai para serem despejadas."

"Despojadas?", repetiu Hilda, interrompendo sua reza.

Também estranhei ter dito essa palavra, mas acrescentei:

"Estou falando com o meu filho, Hilda."

E prossegui: "Não, não foi nada. Está bem então, nos falamos mais tarde. Um beijo".

Ao desligar o telefone, reparei que ela estava pálida e suava.

"Está se sentindo mal?"

"Preciso voltar ao hotel."

Contorcia-se com uma das mãos na barriga.

"Deixe que eu seguro a urna, Hilda." E dirigindo-me ao motorista: "Corra, seu Costa, corra de volta ao hotel!".

O intestino de Hilda é um ser à parte.

Mal chegamos, relampejou nos céus de Salvador. Em seguida o vidro da janela começou a ficar respingado. Não passou muito tempo e desabou um temporal. Adiada a ida ao Farol. Adeus, despedida. Conrado havia voltado a seu lugar de sossego e paz no quarto. Eu aguardava a saída de Hilda do banheiro.

Meia hora depois, bati na porta.

"Tudo bem?"

Com voz abafada, ela respondeu que sim. Enquanto esperava, liguei para Carlos Ozório a fim de saber o que ele queria. Pediu que eu providenciasse um berço para a sua chegada. Uma das crianças ainda era bebê. Custei a entender, tanta novidade.

Depois respondi que faria o possível. Aproveitei o telefonema para contar sobre o temporal e o consequente adiamento da cerimônia das cinzas. Meu filho, como sempre, monossilábico. "Está bem, mamãe. Quando conseguir, me avisa." "Sim, Carlos Ozório." Desliguei. Filho rápido, mãe célere. Assim são as nossas comunicações. Não há conversa. Ozorinho não gosta de conversar comigo, pede o que precisa e acabou-se o telefonema. Um pouco triste, eu acho. Enfim, ele tem qualidades, e que qualidades.

Assim que desliguei o celular, ele tocou.

"Alô, querido!" Era Laurinho. "Tudo mais ou menos. Não, não fomos. Houve um imprevisto. Hilda sentiu uma indisposição e tivemos que voltar. Não, nada grave, mas hoje não vai dar mais para levarmos, por causa também desta chuva que está desabando na cidade. Onde você está?"

Laurinho disse que estava no banheiro, para que sua mulher não ouvisse o telefonema. Não acho agradável receber uma ligação de dentro de um banheiro. Laurinho disse que se sentia um prisioneiro em sua própria casa. Não me contive. Estamos sempre no limite do impronunciável. Não precisava dizê-lo, mas disse: "Cada um vive mal como quer". Eu e meus impulsos.

"Ir ao seu escritório? Não, Laurinho, ainda não. Combinamos de nos encontrar só depois da cerimônia, lembra? Também estou com saudades, mas ficamos a vida toda sem nos ver, podemos esperar mais alguns dias, não? Um beijo também."

Ele não gostou do que ouviu. Os homens não gostam quando as coisas não saem do jeito que eles programam. Mesmo numa ocasião excepcional como aquela para mim. Nesse momento, a porta do banheiro foi destrancada; Hilda saiu quase se arrastando e seguiu direto para a cama, dizendo-se fraca. É fracota mesmo. Adeus, saída, e adeus, companhia. Resolvi ligar o computador e começar a escrever. Histórias são mais fáceis de levar. E mais interessantes também.

Na primeira oportunidade vou ter uma conversa séria com Laurinho, pensei. Ninguém gosta de conversar sobre relação, mas essa conversa se faz necessária, e também não podemos dizer que temos uma relação. Houve uma, quando éramos crianças, e agora os velhos que nos tornamos desejam construir outra. A vida passou e não nos levou junto; ao contrário, se desfez de nós. Não tivemos chance. Ninguém tem chance quando criança, tampouco fazemos escolhas quando jovens. Nos atiramos ao mundo e depois saímos catando os cacos. Ele é um homem de bom senso, experiente, sensível, há de compreender. Além disso, não desejo que assistamos à nossa decadência mútua, tendo nos conhecido em pleno esplendor. Ele tem mais de setenta anos e eu estou quase chegando lá; daqui em diante só teremos perdas. Não gostaria que acompanhássemos a decrepitude um do outro. Os escombros. E é o que temos pela frente.

"Não vai perguntar se estou melhor?"

Essa, a amiga que veio para me acompanhar.

"Desculpe, Hilda. Estava acertando algumas coisas aqui comigo, entregue a decisões importantes. Você melhorou?"

"Mais ou menos."

"Quer que eu deixe uma garrafa d'água ao seu lado? É o que os médicos recomendam: ingestão de líquidos."

Ela aceitou. Fui pegar a garrafa e depois me sentei em frente ao computador.

Minha casa fica na frente da casa de Laurinho. A casa dele é grande, para guardar seu cavalo, e a minha também, por causa da carruagem. A dele é branca, a minha é azul, rosa e roxa. De noite as casas brigam, dão gritos, arrancam as janelas, mas no dia seguinte ficam amigas. Eu minto muito porque eu gosto. Minto mais pra mamãe, porque ela não deixa eu sentar de perna aberta.

Laurinho é meu namorado e eu sou a única namorada dele. Mas ele deve estar mentindo também, porque outro dia tinha uma garota lá na casa dele, com fita no cabelo e saia rodada. Mas não estava dançando porque não sabia. Era burra. Estava sentada, chupando um pirulito e balançando as pernas. Laurinho me trouxe uma borboleta sem dono e eu não podia falar alto perto dela. Ele sempre traz os bichos que não têm pai nem mãe. Ele vai ganhar um binóculo pra ver minha casa dentro do olho dele. O pai dele vai dar. Pedi um binóculo a meu pai. Ele perguntou pra que eu queria um binóculo. "Pra ver", eu disse. "Ver o quê?", ele perguntou. "Formigas." Menti. "Ora", ele disse. Quando Laurinho acorda, mostra uma bola na janela e eu sacudo uma boneca na janela, e aí a gente sabe que não morreu.

Quase amanhecia quando desliguei o computador. Hilda estava se levantando quando fui me deitar e arregalou os olhos quando me viu. Antes que ela perguntasse, contei que havia passado a noite escrevendo. Conversaríamos assim que eu acordasse, só precisava de umas poucas horas de sono. Escrevendo, desperto. Me deitei e, ao fechar os olhos, vi uma mulher de olhos bem abertos numa espaçosa cama de casal ao lado de um homem com cabeça de galo. Ambos, apesar de velhos, formavam um belo par, que, aos poucos, foi se decompondo; inutilmente tentavam segurar-se um no outro. Mais explícito impossível.

Acordei e já era noite. Raro, eu dormir tanto... Hilda chorava. Como estava sendo difícil o nosso cotidiano...

"O que aconteceu?"

"Minha sobrinha está grávida."

"E isso é motivo pra chorar?"

"De um bandido."

"Mas hoje em dia é o que elas têm para namorar..."

Silenciou, me olhando.

"E por que não me acordou? O que você ficou fazendo o dia todo? Espera, quase não ouvi o celular... Alô? Sim, querido. Diga."

Laurinho me convidava não para ir a seu escritório, fez questão de deixar claro, mas para jantar em um lugar maravilhoso. Paradisíaco. Tinha certeza de que eu iria gostar. Hesitei a princípio, depois acabei aceitando. Melhor do que ficar no quarto com Hilda. Quando eu poderia ter imaginado que ela seria tão trabalhosa? Em todo o nosso tempo de amizade eu pensara exatamente o oposto. Sempre fora uma criatura solícita, prestativa, agradável, mas bastara uma pequena viagem para todas essas qualidades caírem por terra. Irem por água abaixo, quero dizer. Será que eu estava sendo impaciente com Hilda, intransigente, intolerante?

"Vou sair, Hilda. Na volta conversamos."

Não respondeu. Rezava. Como rezava...

Fomos a um lugar de sonhos. Se desejava me impressionar, Laurinho conseguiu. Uma beleza, a súbita presença do céu. Nos sentamos a uma das mesas ao lado da janela. Dela via-se a escuridão brilhante do mar da Bahia. Mar grande, comentei, e Laurinho contou que na ilha de Itaparica em Salvador havia um lugar com esse nome e que ele comprara uma casinha lá. Se eu quisesse conhecer, ele providenciaria o passeio. Apesar de suas inúmeras qualidades, Laurinho era precipitado. Precisava ficar atenta. Súbito, um pensamento me ocorreu: o que ele teria feito de sua mulher? A prudência mandava que eu não perguntasse, isso poderia criar um espaço que acabaria invadindo o nosso. Lá estávamos nós, dispersos de tudo, de mãos dadas, ouvindo o barulho do mar. E eu fora à Bahia em missão. Não sabia mais o que pensar sobre mim. Censurava-me vez ou outra, contudo seguia em frente. Distraída, nem havia notado uma garrafa de vinho chegar à nossa mesa; seria outra noite daquelas... Laurinho dera início à explicação sobre a procedência do vinho. Quanto prazer ele próprio auferia dessa explicação!

"O Merlot é um vinho encorpado", disse, "intensamente frutado, de paladar rico, macio, sedoso, perfeitamente equilibrado. Está a seu gosto, querida?"

"Claro, querido", respondi, pensando em seguida: aonde tudo isso vai me levar? Ora, ora, dona Vívian, você sabe muito bem onde você vai parar...

Tanta coisa me acontecendo e eu com um marido morto no quarto. Decidi conversar com Laurinho antes que as palavras se tornassem inviáveis para nós.

"Laurinho, preciso conversar com você sobre nós. Sobre a nossa história."

Ele se ajeitou na cadeira. Sentiu que a conversa era séria.

"Vou começar do começo, quando éramos crianças. Está bem?"

Ele assentiu com um menear de cabeça acompanhado de um sorriso.

"Desde aquela época até os nossos doze, treze anos, fomos muito unidos, muito mesmo. E assim continuamos durante toda a infância, nos bastando. À medida que crescíamos, fomos nos distanciando, mas vez ou outra voltávamos a nos procurar. Você deve se lembrar. Penso que até foi excessivo para um menino e uma menina, porque de modo geral meninos brincam com meninos e meninas com meninas. Não foi o nosso caso; fugimos à regra. Talvez pela solidão em que nos encontrávamos, ou quem sabe pela proximidade de nossas casas e famílias, ou talvez até pela afinidade que tínhamos um com o outro. O fato foi que nos gostamos muito, disso tenho certeza. Você foi o meu primeiro amor."

Ele me olhava com olhos úmidos.

"Nos chamavam de 'casalzinho', de tão juntos que vivíamos, lembra? Até um dia você desaparecer. Achei que tinha ido estudar fora e não tivera tempo de se despedir. Nunca mais nos vimos. A última vez foi na minha festa de quinze anos, à qual, aliás, você compareceu acompanhado. Mas isso é apenas um detalhe, que você não precisava ter acrescentado à nossa história, ainda mais no dia do meu aniversário. Pouco depois, seus pais se mudaram, minha família também, e nos perdemos um do outro. Nosso futuro nem teve como se realizar. Eventualmente eu ouvia falar em você, mas na época eu era incapaz de reter qualquer coisa; vivia a turbulência dos meus vinte anos. Entregamos nosso tempo a outros, como não podia deixar de ser, mas eu te guardei como um refúgio. Nos vários momentos da vida em que me senti sozinha, voltei à nossa infância, e a sua lembrança me fez companhia. Acontece que o tempo, com suas asas de vento, passou, ou, melhor dizendo, nós passamos no tempo, como também nossos sonhos. Fiz parte da sua vida de menino, assim como você fez da minha, mas o futuro não aprendeu com o passado. Então, depois de tantos e tantos anos, uma visão diante dos meus olhos: você. Custei a perceber que era realmente você. Súbito, meu passado voltou através da sua imagem; acredito que também tenha sido uma experiência forte para você no restaurante do hotel. Mas foi um reencontro cruel, porque percebemos, claramente, que se tornou tarde..."

"Havemos de dar um jeito, querida", disse Laurinho, me interrompendo.

"Envelhecemos, querido, perdemos a carruagem. Mas um grande amor dura para além da história."

Se transforma em história. Mas isso eu não disse.

"Podemos criar uma forma de tempo só nossa, Vívian...", disse ele, apertando minhas mãos.

"O garçom está nos esperando escolher o prato", lembrei a ele.

Achei por bem mudar de assunto. Contei que meu filho estava chegando de Paris naqueles dias e que eu queria estar em casa para recebê-lo. Vinha com a família. Não entrei em detalhes sobre a família. Disse também que precisava levar as cinzas de Conrado ao Farol da Barra o quanto antes. E então ele acrescentou que não queria que eu fosse embora sem conhecer seu escritório. (Mas o que tinha nesse escritório?) Laurinho, como se tivesse me escutado, explicou que era ali que guardava sua coleção de CDs. Verdadeiras preciosidades que gostaria de me mostrar e que, tinha certeza, eu iria adorar. Perguntou se eu havia me esquecido de que ele se tornara musicólogo. E, dizendo isso, começou a discorrer sobre música. Depois de algum tempo, deve ter notado que eu estava tonta, embriagada como da outra vez, pois comecei a despejar lágrimas em abundância, que eu ia enxugando com o guardanapo, quando me lembrava. Laurinho, empolgado com o que contava, não percebia. Dizia que em termos sintéticos... Sintéticos? Tudo que ele contava me comovia. A musicologia tinha como escopo... Escopo? O que significa mesmo essa palavra?, pensei. Não ia perguntar. Ele explicou que a musicologia tem como escopo o estudo das origens, fontes e formas de cada manifestação musical. No caso da Bahia... e eu querendo ir ao banheiro, na primeira chance pretendia interrompê-lo.

"Ritmos, timbres e expressões."

Aproveitei o fim da frase e, me levantando, pedi licença dizendo que ia ao toalete. Ao me virar, esbarrei com força na mesa, e a garrafa, com um restinho de vinho (como bebemos!), balançou perigosamente. As mãos ágeis do nosso garçom, porém, evitaram a queda. Pausa para o xixi.

Voltei para a mesa me escorando nas pilastras que, felizmente, eles tinham achado por bem construir lá. Assim que me sentei, Laurinho retomou seu assunto preferido. Eu preferia ir para a cama. Disse que era preciso pesquisar os africanismos, e fez o gesto de aspas na palavra, os sincretismos e as influências exógenas, além das muitas manifestações do mundo rural e urbano. Eu não conseguia mais acompanhá-lo, mas continuava comovida. Assim vivo. Alguém deve ter lançado um balde d'água dentro do meu cérebro. Voltei a me emocionar ao ouvir a expressão "mundo das sonoridades". Laurinho não percebia o quanto eu estava desconectada, para não dizer embriagada, e prosseguia falando com enlevo sobre sua paixão pela música. E eu em queda livre. De repente, emergiu a figura de meu avô discorrendo sobre sua coleção de selos. Uma aparição passageira, felizmente.

"Além de outras criações do imaginário popular!..."

De novo, me agarrei a mais um final de frase e disse que eu estava muito cansada e achava melhor voltar ao hotel. Antes de Laurinho pedir a conta ao garçom, ainda ouvi: "... de particular interesse será o estudo dos vários tipos de fenômenos pop e comercial, de indiscutível importância nas últimas décadas". Achava melhor não ir a esse escritório.

No carro, rodando pelas ruas de Salvador, mais uma vez me senti uma Bovary. "Cidade Alta, não pare, vá direto à rua Chile, vitrines, bares, desfile do grã-finismo da terra, mas isso de hotéis gigantes, cinemas, alto-falantes, pares janotas galantes, nada da Bahia encerra..." A poesia voltava, quem sabe para me reconectar. Eu me escorava nas palavras. Enquanto isso, a mesma cena se repetia no interior da carruagem. Laurinho já se apossara de uma das minhas mãos e a acariciava enquanto me dizia no ouvido que eu havia despertado nele a ânsia de me proteger, de me ajudar, de me amar, e me apertava contra seu peito. Eu sentia apagões sucessivos. Na chegada ao hotel, mais um desses beijos a que eu só assistira em filmes. Felizmente ele me segurava nos braços, porque eu mal me sustentava. Depois, abraçado a mim, acompanhou-me até o elevador. Os jovens funcionários da recepção olhavam abismados para o casal de velhos apaixonados. Sim, eu me apaixonara por Laurinho. Os velhos meninos se reencontravam. Os tempos finalmente tinham se enlaçado.

Ao entrar no quarto, encontrei Hilda acordada e um pouco despenteada. Achei que tinha tentado dormir e não conseguira. Sempre preocupada comigo. E ela tinha razão.

"Você está tendo uma aventura com aquele seu amigo, Vívian?"

Devia estar me esperando para fazer essa pergunta.

"Estou. Uma aventura de sensibilidades."

E, ao dizer isso, me estatelei no tapete.

"Hilda, devo ter me partido toda! Não, não tente me tirar do chão que você não vai conseguir. Corre, vai chamar o ascensorista, o porteiro, o primeiro que você encontrar pela frente. Tem que ser um homem forte, está ouvindo? Agora não há como esconder: estou pesando quase oitenta quilos, apesar dos exercícios. Vai, Hilda, anda. Não precisa se vestir toda..."

Enquanto eu esperava Hilda com o socorro, eu pensava que devia estar toda quebrada... Minha coluna é uma renda, eu vi num dos últimos exames. Adeus, Laurinho, adeus, amor. Escritório, nem pensar. Preciso avisar Carlos Ozório, para que ele cancele a viagem. Pela demora de Hilda, achei que ela tivesse ficado pelo caminho, estatelada no corredor. Quem iria nos salvar? Não me ergueria jamais dali. Vívian, continue com seu bom humor e ironia, são dois mecanismos de sobrevivência. Nem sei como consegui pensar nisso.

Pouco depois me vi rodeada pelos rapazes da recepção. O movimento lá embaixo devia estar fraco e eles certamente desejavam resolver aquilo rápido, para evitar contratempos ao hotel.

Hilda, quando nervosa, amassa o cabelo ralo com as mãos, e era o que ela fazia naquele momento. Dei boa-noite aos moços e, olhando um por um, escolhi o mais forte, pedindo que ele me pegasse por trás dos sovacos (disse, com receio de que ele não conhecesse a palavra "axila") e me levantasse devagar. Em uma de minhas quedas, eu caíra entre as hortaliças da feira e um sujeito parrudo me erguera do chão desse modo. O funcionário postou-se atrás de mim e, em segundos, me pôs de pé. Dei alguns passos para me certificar de que continuava inteira. Incrível não ter me quebrado, como sempre acontecia. Entretanto, eu sabia que nos próximos dias poderiam sobrevir fraturas espontâneas. Nunca se sabe a repercussão de uma queda. Mas tudo indicava que eu acordaria doída no dia seguinte. Seria o de menos, de mais foi Hilda ter custado a entender o gesto que eu lhe fazia para que desse algum dinheiro ao rapaz. Depois de tudo acertado, fechamos a porta e fomos nos deitar. Não me sentia disposta para conversar com ela, que, pelo visto, já se recuperara do susto. Quando pensei em lhe dar boa-noite, Hilda ressonava. Minha cabeça parou de rodar, finalmente.

Uma grande alegria pode gerar uma imensa tristeza... O dia findando era eu.

6.

Amanheci viva. Simples cortesia da vida. Logo depois do café da manhã, meu celular tocou. Como tocava esse aparelho... Onde estaria? Dentro da bolsinha que eu usara na noite anterior... Ligado, claro!

"Alô!? Sou eu mesma, Laurinho. Não, você ligou certo." (Deve ser a idade... O que será de nós?) "Está fazendo muito barulho aí onde você está... Na rua? Ah, sim. Hein? Ainda não sei se vamos levar as cinzas hoje. Tive um probleminha ontem à noite. Não, nada de mais. Escorreguei no tapete e caí. Mas estou bem, apenas algumas dores espalhadas pelo corpo. Obrigada, mas não precisa. Vou decidir aqui com a Hilda se vamos ou não. Mais tarde eu te ligo. Já sei, para o celular."

Tinha medo de que eu ligasse para a casa dele, fazia essa observação todas as vezes. Homens não conseguem diferençar uma mulher de outra. Seria uma sabedoria a ser alcançada por eles. Laurinho continuava falando comigo do banheiro de vez em quando. Não tinha sido assim dessa vez. As pessoas se sujeitam a cada situação... Não era algo que eu desejasse para a minha velhice, mas o acaso e o ocaso fazem dessas coisas. Ele havia me contado que sua mulher tem ouvido absoluto. Devia ter sido musicista, perdeu uma excelente oportunidade. E agora deve escutar coisas o dia inteiro, que horror. Mas alguma coisa de bom ela tinha, senão ele não teria ficado casado todo esse tempo. Enfim, todos sempre têm do que se queixar. Eu também já tivera a minha ladainha.

"Vamos ou não?", perguntou Hilda parada à minha frente.

"Tudo dói, sabe, Hilda? Tudo. Mas devo me dar por satisfeita de não ter quebrado nada. A esta altura poderia estar num hospital, aqui de Salvador. Te dando um trabalhão." Ela arregalou os olhos. "E ainda preocupando meu filho... que não me telefona."

"Vamos?"

"Vamos tentar, qualquer coisa a gente volta. Antes de sair, vou tomar um analgésico e levar outro. Ainda bem que eu me precavi, trouxe todos os meus remédios, nunca se sabe que mal súbito pode nos acometer. É a campainha do quarto. Quem será?"

Aproveitando-se da interrupção, Hilda partiu célere para o seu lugar predileto, aí, adeus. Fui eu mesma abrir a porta. Na minha frente, havia um rapaz com os braços repletos de amores-perfeitos.

"São flores, Hilda, lindas!", gritei, para que ela ouvisse.

Não respondeu. Deve ter intuído que eram de Laurinho. A ciumeira continuava. Quis me agradar porque o dia ia ser difícil para mim, além do "probleminha" da noite anterior, quando cheguei do nosso jantar. Quanta delicadeza... Como ele é gentil, carinhoso, educado, querido... eu pensava, enquanto começava a ler o cartão:

Minha querida Vívian, eu queria lhe mandar rosas, mas elas ainda estavam dormindo. Love, Laurinho.

Ele havia terminado o bilhete do mesmo modo como fazíamos na juventude, quando brincávamos de nos despedir: "Love Love Love". Eu não podia esquecer de lhe agradecer. Faria isso mais tarde.

"Pronto, Vívian", disse Hilda, saindo do banheiro e vendo as flores.

Estava com uma boa fisionomia, deve ter obtido bons resultados.

"Foi seu amigo?"

"Hmm?", me fiz de desentendida.

"Que mandou as flores?"

"Ah, o Laurinho... Sim, foi ele. Soube que eu levaria as cinzas hoje, e fez a delicadeza de me mandar um mimo."

"Podemos deixá-las lá também", propôs essa outra Hilda, inteiramente modificada pela viagem.

Que frieza... Prometi a mim mesma nunca mais aceitar oferecimento algum da parte dela para me acompanhar, sofria uma verdadeira metamorfose.

"Não, elas vão ficar enfeitando o quarto, Hilda."

Levar as flores de Laurinho para Conrado? E se houvesse um plano espiritual? Imaginei a reação de Conrado ao constatar que as flores tinham sido presente de outro homem. A surpresa dele. Jamais esperaria uma coisa dessas de mim, embora eu já tivesse me afastado muito do seu ideal de mulher. Ninguém sabe o que acontece conosco depois do desenlace final. Não gosto nem de tocar nesse assunto, pode atrair, sem a menor necessidade. Caso haja outra vida, como afirmam alguns — e eles são muitos —, permaneceremos de alguma forma, sabe-se lá qual. Meu pai tinha um tio espírita que ficou de lhe enviar um sinal tão logo partisse. Quando esse tio faleceu, papai passou a esperar pelo sinal. Lembro que um dia não quis acompanhar mamãe a um concerto porque achava que aquele seria o dia do sinal. E nada aconteceu. Papai se dizia decepcionado. No final da vida, doente e acamado, voltou a se lembrar do tio e do tal sinal. Dizia que seu tio se esquecera dele. Haviam feito um trato e ele o rompera. Meu pai.

No carro, fiz um apelo ao nosso motorista:

"Seu Costa, peço que hoje o senhor dirija devagar e evite o máximo possível os buracos. Sofri uma queda ontem à noite e ainda estou dolorida."

Qualquer baque... a amada sente e esfria um pouco o amor, como disse o poeta. Em instantes eu tinha ido da *queda* ao *baque*. Lembrei-me do poema. Uma palavra leva a outra, que leva a outra, e assim vamos deslizando interminavelmente. Senti vontade de fazer essa observação para Hilda, mas tive quase certeza de que ela acharia irrelevante e não emitiria uma só palavra a respeito. Que lástima.

O celular tocou. Ah, meu Deus... foi uma operação localizá-lo dentro da bolsa... Seria Laurinho?

"Alô, querido! Ah, desculpe, querida! Como vai, Inês? Há quanto tempo não ouço sua voz... Eu? Estou em Salvador. Com a Hilda." Ela balançou a cabeça em sinal de reprovação. "Viemos trazer as cinzas do Conrado." Hilda me lançou um olhar de censura. "A pedido dele. Devo voltar tão logo cumpra essa missão, que espero realizar ainda hoje. Estamos nos dirigindo ao local. Te ligo assim que chegar a São Paulo. Está tudo bem com você? E os filhos, como vão?" Hilda bufou. "Lembranças a todos. Tchau, querida."

Resolvi ter uma conversa séria com Hilda.

"Por que você faz essas coisas?"

"Que coisas?"

"Olhares de censura, bufos..."

"Não eram para você."

"Deixa eu esclarecer uma coisa, Hilda."

Ela me olhou fixo.

"Desde que chegamos, você está mal-humorada, de cara amarrada, e mal conversa comigo. Por que razão?"

"Não passo bem quando viajo. Se falo, me sinto pior."

"Então você não devia ter vindo, não é?"

Emudeceu. Passa mal se falar, onde já se viu uma coisa dessas? E ainda dizia que não tinha problemas... Afastei os olhos dela, vi a urna e me calei. Nesse momento, o carro parou de repente.

"O que aconteceu, acabou a gasolina?", perguntei.

"Daqui pra frente a área está interditada."

"Por... quê? Pergunte o que está havendo, seu Costa, se não podemos entrar um instante... Não vamos demorar."

O motorista estacionou o carro e foi falar com o pessoal da obra. Como gesticulam os baianos... Quis comentar com Hilda, mas ela fingia contemplação. Não queria cooperar. Está bem.

"Ninguém pode entrar, dona Vívian. Eles estão restaurando em volta do Farol e não sabem quando vão terminar", disse, quando se juntou a nós outra vez.

"Então vamos voltar", eu disse.

"Quando é assim, é porque ele não quer ficar", comentou Hilda.

Abriu o livro das "seitas". Hilda tem a vida governada pelos mortos. Mas depois refleti melhor e me perguntei o que de fato estaria acontecendo que eu não conseguia dar um destino às cinzas de Conrado. Era a segunda vez que tentávamos. Nesse dia, área interditada. Da próxima vez o que seria? Custava nos terem deixado entrar um instante?

Meu celular tocou de novo. Agora devia ser Laurinho. Era ele mesmo. Hoje em dia passamos mais tempo no celular do que com as pessoas a nosso lado.

"Não, meu querido, não conseguimos: área interditada. Mas vamos mudar de assunto. Adorei as flores! Trouxeram um encanto especial à minha manhã. Quanta delicadeza de sua parte..."

Súbito, mudando de tom, Laurinho falou:

"Gustavo, já pegou os papéis? Certo, depois então a gente se fala. Um abraço."

E desligou.

Gustavo!? Ah, a mulher dele devia ter chegado de repente... Que coisa ridícula estava me acontecendo, e ainda mais na minha idade. Ele não podia falar com uma mulher no telefone? Decidi que precisávamos ter outra conversa, e desta vez sem nenhuma bebida alcoólica, fosse qual fosse a procedência ou o tipo de vinho que ele viesse a sugerir. Quem sabe não tomávamos um lanche, uma xícara de chá? Era o que eu iria propor.

De volta ao hotel, subimos para deixar a urna no quarto. Eu aproveitaria também para telefonar para Ozorinho. Hilda abria e fechava a porta do armário, procurando não sei o quê. Depois me olhou e disse que queria falar comigo. Quanta agitação... Fiz sinal para que ela esperasse um pouco. Disse que ia telefonar para o meu filho, mas que o telefonema seria breve como todos os contatos que Ozorinho e eu temos por telefone. E também os contatos pessoais. O telefone dele não atendia e deixei recado na caixa postal.

"Alô, Carlos Ozório, sou eu, sua mãe. Telefone assim que puder."

Resolvi não deixar um beijo. Estava um pouco chateada com ele. Irritada, na verdade. Já tinha decidido ser mais sucinta em nossas conversas, já que era assim que ele gostava. Se eu me alongava, ele não me ouvia. Desde menino tinha sido assim. Devo ser uma mãe chatíssima. Meu pai dizia que "mãe chata" era pleonasmo. Meu pai.

Ao me voltar para Hilda, vi que ela estava no celular. Berrava como se estivesse numa ligação internacional antiga. *Alao*! Isso é jeito de falar... Pensei em pôr os fones de ouvido para neutralizar a gritaria e tentar fazer anotações para o livro, senão me esquecia delas (renovar as expectativas), mas tinha quase certeza de que não iria resolver, com Hilda gritando daquele jeito e eu com vontade de fazer o mesmo. Quando ela finalmente terminasse, porque seus telefonemas eram longuíssimos, iríamos sair para almoçar. Queria muito sair um pouco, ir a museus, ao Solar do Unhão, à beira-mar, conhecer o Parque das Esculturas ao ar livre, deve ser uma beleza de passeio... Quando estivera em Salvador com Conrado, os dias tinham se passado rápido e acabamos por não visitá-lo. Será que mais uma vez eu não iria conhecê-lo? Antes, porém, eu precisava resolver o problema das cinzas. Ah, Conrado, como eu gostaria de lhe dizer algumas coisas... Em vez da história que eu começara a escrever, eu bem poderia escrever a história de uma mulher que não consegue dar um fim às cinzas do marido. Talvez ficasse interessante a personagem de um lado a outro com os despojos dos quais não consegue se livrar. Mas não era isso que estava acontecendo?

"Não, Mirtes, não!"

O que será que Mirtes está querendo fazer?... Por falar em história, aquele núcleo familiar daria uma ótima história. Quem sabe uma novela policial. Tem todos os ingredientes: tensão, trama, suspense, enigma (a tal prima romena)... Pena que não é o meu gênero. Vamos ver o que Hilda vai contar desta vez.

"Sabe o que aconteceu?"

De repente, Hilda estava falando comigo. Ela tinha desligado e eu nem notara?

"O que aconteceu?"

"Minha irmã disse que o tal bandido que engravidou minha sobrinha foi na casa dela e contou coisas medonhas do mundo lá dele."

"Mais do que se lê nos jornais? Não creio."

"Que a minha sobrinha ficou toda orgulhosa do namorado e que o meu sobrinho adorou o sujeitinho."

"Que bom, Hilda, então deram-se todos bem. Uma raridade em se tratando de família."

"Agora a Mirtes está com medo que o filho também vire bandido."

"Mas ele já não é?"

"Não, não é, Vívian... Pode ser vagabundo, mas bandido, não."

"Quando a tal Sofia Raluca chegar, aí, sim, a família estará completa."

"Por que você diz isso?"

"Não consegue imaginar, Hilda?"

Hilda é de uma pobreza imaginativa sem limites. E não havia gaguejado em nenhum momento quando me contou essa história. Estranho.

Antes de irmos almoçar, perguntei o que ela queria falar comigo. Hilda pensou, pensou, depois disse que tinha esquecido. Está bem. Fomos a um restaurante tipicamente baiano. Sugestão de seu Costa. Muito agradável o ambiente. Um pouco barulhento, em Salvador há uma animação permanente no ar, contagiante, que, no entanto, só não contagiava Hilda. Dessa vez, foi ela quem puxou assunto.

"Não gosto muito de conversar na hora das refeições, mas acho que precisamos resolver o problema das cinzas o quanto antes. Mirtes está precisando de mim."

Mirtes. Pronto, colocou a coisa na irmã.

"Tem muita gente precisando que isso se resolva, Hilda, a começar por mim."

Pensava em Carlos Ozório, que estava para chegar ao Brasil, e em Laurinho, que desejava que eu conhecesse seu escritório. Escritório.

"Você não acha que devemos escolher outro lugar, Vívian? Tenho certeza que Conrado não se importaria."

De onde ela tirara essa certeza? Nesse momento, me ocorreu um pensamento diabólico: Hilda e Conrado teriam sido mais que amigos? Eu teria bancado a pateta todo aquele tempo? Eram moços quando se conheceram. Ou eu estaria delirando por causa daquele cheiro de *Cannabis* flutuando no ar?

"Sinto decepcioná-la, Hilda, mas só depositarei as cinzas dele no lugar que tenho certeza que ele escolheria. Era meu marido e eu conhecia a fundo suas preferências. Mas caso você esteja sentindo necessidade de voltar, fique à vontade. Sei que vou poder contar com a ajuda do seu Costa, além da amizade de Laurinho."

"Então, se da próxima vez não conseguirmos, eu marco minha passagem de volta."

"Como amanhã é feriado, vamos tentar mais uma vez depois de amanhã, sem esquecer que eles não deram uma previsão de quando acaba a obra."

"Está bem", disse ela. E acrescentou: "Vívian, eu gostaria de fazer um comentário, espero que não lhe desagrade, mas você está outra pessoa em Salvador".

"Pois era exatamente o que eu tencionava lhe dizer. Aliás, de certa forma já lhe disse. Estou surpresa com a sua mudança, Hilda. Você também tem sido outra."

Ela esboçou um sorriso.

"Vamos nos apresentar então", eu disse.

Custava ter apertado minha mão estendida para ela? Não entendeu a brincadeira, não sorriu. O esboço de sorriso já devia ter valido para a semana toda.

* * *

De volta ao hotel eu ainda não me encontrava livre das dores. Ouvi um telefone tocando e fiquei em dúvida se era o meu celular ou o de Hilda. Não, era o do quarto. O que será que queriam? Hilda tinha voltado a brigar com sua gaveta. Agora não conseguia abri-la.

"Alô? Sim, sou eu mesma. Quem? Ah, sim, diga que descerei no máximo em quinze minutos."

Laurinho estava lá embaixo. Queria falar comigo. Sempre surpreendendo. Me perguntei onde estaria a blusa que eu mais gostava.

"Hilda, você viu minha blusa branca? Aquela do bordado branco?"

"Você vai descer?"

"Vou fugir para a noite e esperar os poetas, ver o que eles me sopram na alma."

Interessante, a expressão de Hilda. Um misto de espanto e medo.

Os sentimentos esvoaçavam, rodopiando. Lá estava ele, meu tesouro reencontrado.

"Oi, querido, tudo bem?"

Os olhos dele brilhavam. Queria conversar comigo. Eu também queria conversar com ele. Sobre o quê, mesmo? Ah, sim, lembrei!

"Vamos nos sentar ali no bar?", propôs ele.

"Para um café?", rebati, para me certificar de que não seria vinho.

"Claro, preciso muito falar com você."

Não foi necessário esperarmos muito, logo o garçom apareceu com café e biscoitinhos.

"Está a seu gosto?", perguntou, assim que me viu dar o primeiro gole.

"Perfeito."

"Senão eu peço outro."

"Não, está como eu gosto: forte. Mas o que aconteceu para você aparecer assim de repente, Laurinho?"

"Precisava conversar com você. Não estou aguentando a pressão lá em casa, ser censurado o tempo todo. Não estou sendo poupado nem depois da cirurgia do coração."

"Você operou o coração?"

"Não lhe contei?"

"Não."

"Foi há dois anos."

"Então de fato você precisa levar uma vida tranquila, sem sobressaltos. Talvez tenha sido só um momento ruim entre vocês; vai passar. Nada permanece como está."

"Estou pensando em me mudar, Vívian. Eu sei ficar sozinho."

Estava ansioso, inquieto.

"Sim, todos sabem viver sozinhos, mas vocês estão casados há muitos anos, talvez agora não valha a pena uma mudança tão brusca de vida."

Minha raiva passou totalmente. Eu tencionava falar do último telefonema dele, mas descartei a ideia depois do que Laurinho contou sobre sua cirurgia. Não desejava ser mais uma a trazer problemas para o seu coração.

Nesse momento, Hilda adentrou o bar. Laurinho levantou-se instantaneamente, cumprimentou-a e permaneceu de pé enquanto ela esteve conosco. Hilda me disse que ia dar uma saída rápida. Quando eu estava prestes a perguntar aonde ela ia, Hilda nos deixou, com sua pressa habitual.

"E você o que queria me falar, querida?"

“Esqueci.”

“Ou achou melhor não dizer?”

“Você é muito intuitivo.”

“Intuição masculina”, disse, e sorriu. Em seguida: “Eu devia ter me casado com você, Vívian, tenho certeza que teríamos sido felizes. Você é sensível, inteligente, delicada, além de bela e talentosa”.

Puxou minha mão para acariciá-la e beijá-la.

“Você diz isso porque não é meu marido...”

De repente, consultando seu relógio, Laurinho se levantou.

“Bom, agora preciso ir, comprar umas coisas...”

“Está bem. Mas procure ficar calmo. Pense na sua saúde. Nada é importante, senão a vida.”

Ele me beijou e foi embora depressa. Continuava o mesmo. Irrequieto como sempre.

Laurinho chutava coisas no chão.

O que foi, Laurinho?

Mamãe está chata. Vou embora.

O que ela fez?

Nada.

E saiu, andando depressa, emburrado. Apesar de eu ter chamado, não olhou para trás.

7.

Assim que Laurinho foi embora, peguei o elevador, entrei no quarto e me prostrei na cama. Deitada, imóvel, escutava o som do meu coração. Não sei o que se passou comigo, mas a conversa com Laurinho me desestabilizara. Como estrelas fixas, as palavras dele cintilavam ao meu redor. Com imagem de inocência, a infância é um problema insolúvel. Interminável... Sessenta anos depois, regressava com a força dos começos numa junção inacreditável de tempos, como se não tivesse havido separação. Nós dois de novo. Velhos, vivos. Seriam os sentimentos infantis guias seguros? Os primeiros sentimentos são os últimos a nos deixar? Os desejos infantis persistem por toda a vida? Perguntas. O fato era que a conversa me abalara. Mamãe, que pouco falava, dizia que eu era impressionável. Tinha razão. Tudo me impacta. Carlos Ozório estava a milhas de distância, ocupado com sua nova família. O ser com o qual eu podia contar se encontrava em outro continente. Mas em que meu filho poderia me ajudar? Que ideia... Talvez eu pudesse confidenciar com uma de minhas amigas. Com qual delas? Hilda? Estava comprometida demais com a história. Mais adiante eu pensaria nisso. Eu tinha sorte de ter feito tantas amizades. E esperava voltar a contar com Hilda como antes. E eu que havia pensado que sua mudança se devia ao súbito aparecimento de Laurinho, que ela tivesse ficado enciumada ou estivesse me censurando. Mas não. Embarcou mesmo sabendo que não iria passar bem. No início cheguei a pensar que se tratasse do mesmo medo de avião que eu tenho, uma reação perfeitamente normal; voar é uma loucura compartilhada, digamos assim. Agora que escrevo sobre isso, acabo de me lembrar de um amigo que embarcava para morrer. De modo inconfesso, acho que é o que todos fazemos. Enfim, chegamos a Salvador, e Hilda continuou igual, ou seja, diferente do que sempre foi. Hilda, uma surpresa em curso. E eu sem ter ideia do que se tratava. E nós na Bahia, terra de gente boa, de bem com a vida, camarada (como dizia meu pai). Lembrei de Conrado. Inacreditável ele ser baiano com o temperamento que tinha; mais parecia um europeu, precisamente um inglês: correto, disciplinado, ciente de suas obrigações e deveres, um chefe de família. Como dizia meu pai: "Esse rapaz vale a pena, minha filha". As penas, meu pai. Lembrei de um dia, quando já não éramos jovens, em que subitamente eu disse a Conrado: "Vamos falar de desejo?". Sua expressão congelou. Aguardei. Mas ele permaneceu pétreo. Levantei e fui tentar escrever.

Laurinho... Como podia passar pela cabeça dele, ou de alguém, separar-se às vésperas de fazer bodas de ouro? Será que nosso encontro também o desestabilizara? Talvez fosse melhor nos afastarmos. Minha presença podia estar concorrendo para que ele pensasse em separação. No entanto, eu tinha a impressão de que sabia o que havia acontecido. Devia ter se desentendido com a mulher, provavelmente fora ríspido com ela, e então tinha ido desabafar comigo. Depois foi embora apressado a fim de constatar se não causara nenhum estrago e, sobretudo, se ela continuava no posto. Culpa é algo corrosivo.

Eu estava com muita dor de cabeça. Ainda bem que havia levado uma variedade de remédios que abrangia praticamente todas as especialidades. O corpo é um tormento. Desde o início da vida é um desassossego. Pensei em ouvir música, sempre faz bem. Laurinho tinha sugerido que eu escutasse algumas de suas músicas preferidas no meu computador, já que não me animava a ir conhecer a discoteca dele. A última que eu havia anotado, ainda não tivera tempo de escutar. Onde estaria o caderninho em que eu tinha escrito o nome da música? Tenho vários, um em cada bolsa. Claro! Só podia estar na bolsa que eu usara quando saíra com ele. Lá estava o nome, escrito com letras tortas, pós-farra do vinho: "La Maya y El Ruiseñor", de Granados, com Alicia de Larrocha, ou, caso eu encontrasse, com a interpretação predileta dele, a de Luis Fernando Pérez. Encontrei a segunda, a sua preferida! Logo no início, apareceu escrito na tela: "El Amor y La Muerte"... Que melodia linda! De fones, enlevada, não dei pela entrada de Hilda, que interrompeu meu momento idílico para me mostrar o pacote de figas que havia comprado. Não havia sensibilidade que se mantivesse com Hilda por perto, francamente. Interrompeu-me para me mostrar figas, como se eu nunca tivesse visto uma. Então era isso que ela fora fazer. Perguntei por que tantas figas e Hilda disse que era para nos dar sorte e conseguirmos depositar as cinzas de Conrado no Farol da Barra. Ela não gostaria de ir embora sem se despedir dele.

"É algo que você pode fazer aqui mesmo, no quarto", eu disse.

Ela me deu as costas, caminhando na direção da tal gaveta do embate, não sem antes escolher uma figa e colocá-la de pé ao lado da urna, marcando território. A mesa de entrada se enchia a olhos vistos.

Nesse instante, o celular de Hilda tocou. Sempre que isso acontecia, eu me lembrava de que também precisava falar com alguém. Com meu filho. Claro. Já não estava aborrecida com ele. Passava rápido.

"Atendeu logo, hein, meu querido? Sou eu, sua mãe. Sei que você sabe, mas gosto de dizer. Não pode falar agora? Ah, está bem. Eu espero. Um beijo, filho."

Todas as vezes eu achava que ia ser diferente. E era sempre igual. A verdade é que meu filho não tem tempo para mim. É uma raridade quando acontece. Se bem que tempo é algo que se faz. Custava perder uns minutos comigo no aparelho? A não ser que uma das crianças estivesse se afogando no Sena ou a japonesa exigindo coisas dele. Era bem possível, jovens são muito exigentes, e um homem apaixonado se rende a qualquer capricho. Ele estava tão voltado para sua tese... Como tinha encontrado aquela moça?

Quando acordei no dia seguinte, Hilda não estava em sua cama. Devia estar no banheiro.

"Vívian! Vívian!"

Era ela em apuros. A amiga que tinha ido comigo para me ajudar.

"Estou aqui no quarto, não precisa gritar. O que houve?"

"Faz tempo que estou te chamando."

Hilda apareceu escovando seus poucos cabelos.

"Eu estava me dedicando a alguns pensamentos difíceis. Diga, Hilda, o que você quer?"

"Enquanto você dormia, estava falando com a minha irmã no banheiro para não te acordar. Imagina que a Mirtes ligou dizendo que a tal prima nossa, a Sofia, chegou, e ninguém consegue se comunicar com ela. Ela esqueceu como se fala português! Parece que só está falando um pouco de inglês. Por isso a Mirtes precisa que eu volte logo, porque nenhum deles sabe inglês. Além disso, minha irmã disse que a Sofia está falando sem parar. Sem contar que o meu sobrinho aumentou mais ainda o som da bateria dele e a minha sobrinha anda desaparecida. A Mirtes acha que ela foi morar com o bandido. Estou muito aflita, Vívian. Eu queria pedir para tentarmos levar as cinzas hoje mesmo, apesar de ser feriado. Se não pudermos entrar hoje também, aí eu vou precisar mesmo voltar a São Paulo, sinto muito. Não dá mais para adiar."

"Está bem, Hilda", eu disse, me levantando com poucas dores, porém ainda atuantes.

Como uma desconhecida podia movimentar tantas vidas... sobretudo a minha, que não era nem parente. Eu, que justo nesse dia tinha sonhado em fazer um passeio, de preferência ao Solar do Unhão, parece que tem uma vista linda, além das obras de arte que havia lá, o Parque das Esculturas, e ainda tinha o Museu de Arte Moderna da Bahia, o MAM. Já me referi a esse passeio, como está difícil ir até lá. Em vez disso, eu ia voltar ao Farol mesmo sabendo que estava interditado, e tudo por causa de uma Raluca. Achei melhor não reclamar mais. Estava me vestindo quando meu celular tocou.

"Bom dia, querido! Tudo bem?", exclamei, feliz.

Ouvi um clique. Laurinho tinha desligado sem sequer dizer alô. Sua mulher deve ter aparecido. Minutos depois, voltou a ligar, se desculpando:

"Estavam me chamando no outro telefone. Desculpe, querida."

Quase lhe disse que o medo é que o tinha chamado. Perguntei se as coisas estavam melhores em sua casa e ele respondeu que sim.

"Que bom", eu disse, mas logo me arrependi, porque cada vez que eu me mostrava compreensiva os enlevos dele surgiam mais fortes. Laurinho disse que estava com saudades e perguntou quando iria me ver. Não conseguiria esperar muito mais tempo, disse. Deduzi que ele devia estar escondido no banheiro, para poder falar daquele jeito. Respondi que em breve estaríamos juntos. Ele suspirou do outro lado da linha. Um suspiro misturado com bufo. Perigo à vista. Quando jovem, papai me disse uma vez que se algum rapaz bufasse perto de mim era sinal de que a coisa não estava boa. Meu pai. Tenho a impressão de já ter contado isso. Enfim... Resolvi comunicar a Laurinho que Hilda precisava voltar com urgência a São Paulo, pois sua família estava precisando dela. E que Hilda, então, havia me pedido que fôssemos naquele dia mesmo ao Farol, tentar deixar as cinzas de Conrado lá, mas que eu tinha quase certeza de que o lugar ainda estaria interditado. Laurinho sugeriu que eu buscasse informação na internet. Agradeci, prometendo ligar mais tarde. Eu sabia que ele desligava um tanto decepcionado.

Ao desligar, me veio à mente a mulher de Laurinho. Como seria Wanda? Está aí uma pergunta interessante. Seria ela uma mulher decidida, moderna, atuante? Não me parecia. A voz era aguada. Eu já havia telefonado (uma única vez) e ela atendera: "*Aloouuuuu*". Talvez fosse um misto de governanta e inspetora. Faltava elã. Devia ser uma figura um tanto pálida, dona de uma beleza fria, com uma espécie de angústia congelada na expressão. Assim eu a imaginava. Intensidade e paixão passavam ao largo. Laurinho não devia saber que era tão malcasado e era melhor que continuasse não sabendo. Certas coisas só tumultuam o pensamento. Mas o que Wanda fazia? Não tomava conta de neto, porque neto eles não tinham. Devotava-se a alguma obra de caridade? Jogava bridge com as amigas? Frequentava academia? De ginástica, naturalmente. Gostava de ler? De música? Pelo pouco que Laurinho deixara transparecer, era um tanto frívola. O mundo está repleto delas. Incrível ainda existirem mulheres assim. Não colaboram e ainda exigem tudo do marido. Devia ser religiosa. Ninguém segurava sozinha o tranco da ameaça do fim (assim dizia meu pai). Meu celular tocou.

"Alô? Que bom, meu filho. E aí, como vão as coisas? Tudo bem? Ah, não? Por quê? Para o Japão, Carlos Ozório? E a sua tese? Sei que posso deixar com você. Ainda não, por incrível que pareça não consegui levar as cinzas do seu pai até hoje. Vamos voltar daqui a pouco ao Farol, vamos ver se desta vez consigo cumprir a promessa que fiz a ele. Está bem, meu filho. Boa viagem, então. Espera... para qual cidade do Japão você vai? Mais bonita que Tóquio? Vai conhecer a família dela. Sei. Pedir a mão, Carlos Ozório? Mas ela já não casou? Não? Teve dois filhos sem casar? Não, claro que não tem nada de mais. O mundo caminha a galope, os velhos é que caem a todo instante. Está bem, então, meu filho, um beijo. Dê um jeito de ligar dizendo que chegou. Lá está muito frio? Entendi, já vou desligar. Tchau."

"Ozorinho está indo para o Japão, Hilda. É surpresa atrás de surpresa. Não vem mais para o Brasil. Espera um instante, porque antes de sairmos preciso consultar o Google."

"Fui ler sobre Kyoto, Hilda, a cidade para a qual Ozorinho está indo, conhecer a família da noiva dele. É a cidade dos samurais. O que você acha disso?"

"Que lá deve ter muitos samurais."

"Vamos embora, Hilda."

Seguimos em direção ao Farol da Barra, eu sem nenhuma esperança de que as obras houvessem terminado. Por que não consultei a internet, como Laurinho sugerira? Porque distraída eu me sentia viva. Atenta, apenas sobrevivia.

Como eu previra, nova decepção. A obra continuava lá e a área, consequentemente, permanecia interditada. Hilda, com a urna no colo, criticava os baianos. Como se em São Paulo fosse diferente...

Me dirigi a seu Costa:

"Podemos voltar ao hotel. Um dia, quem sabe, consigo depositar as cinzas do meu marido aqui."

Durante o percurso de volta, nosso motorista, sempre calado, disse:

"A vida não é justa. A vida é o que é."

"Sim", foi o que me ocorreu responder.

Um bom comentário, o dele. Pessoas simples às vezes captam coisas importantes.

Hilda não participava de momentos inesperados. Alguns metros adiante, ele diminuiu a velocidade, apontou para uma casa e disse que lá ficava um dos melhores candomblés de Salvador. De dentro do carro ouvíamos o som dos atabaques. Perguntou se não gostaríamos de conhecer.

"Claro!", respondi rápido.

"Vívian!", exclamou a velha Hilda.

"Vamos dar só uma espiada, Hilda. É uma ótima oportunidade, não vamos perder, além do mais eu estava mesmo querendo fazer um passeio, ver outras coisas... E o candomblé é uma das manifestações culturais mais importantes da Bahia."

Hilda resmungou que iria perder o avião. Ela já reservara um lugar num voo mais tarde.

"Como vai perder, se o avião só sai à noitinha?"

Ela se calou enquanto o carro parava. Saltamos; Hilda, agarrada à urna.

"Acho que no chão do carro ficará bem guardada", eu disse.

Hilda fez de conta que não me ouviu. Peguei a urna das mãos dela e a pus no chão do carro. Enquanto nos desentendíamos, seu Costa engrenara uma ladainha. Parecia um desses meninos cicerones que acompanham turistas e disparam a falar.

"Vamos entrar, Hilda. Quero ver nem que seja um instantinho..."

Entramos na casa acompanhadas de seu Costa, que continuava a nos ciceronear. Disse que estávamos visitando uma casa de santo e que cada santo tinha sua casinha. Como aquele era o dia da festa de Iansã, a casa ficava aberta ao público, por isso tínhamos podido entrar. Hilda grudara no meu braço e precisei pedir que não o apertasse tanto, tal a força que fazia com os dedos. Na nossa idade, as manchas vêm para ficar, será que ela tinha esquecido? Estava aterrorizada, teme os vivos. Dos mortos até que gosta. Nesse momento, seu Costa comentou que lá espírito de morto não podia entrar.

"Viu como foi bom não trazermos a urna, Hilda?"

"Quem disse que o espírito dele não está aqui?", retrucou do alto de sua sabedoria religiosa.

"Shhhh", fiz para ela, que havia alteado a voz.

Hilda às vezes é muito inconveniente.

"Iansã é aquela de vermelho. A senhora dos raios", explicou seu Costa.

"Seu celular, Vívian. Seu celular está tocando...", disse Hilda, interrompendo meus pensamentos.

"Até eu achar esse aparelho aqui na bolsa..."

"Não atende", disse ela.

"Claro que não vou atender."

Achei o celular e o desliguei, sem ter visto quem havia chamado. Teria sido o Ozorinho?

Seu Costa continuava:

"Vejam que tem sete acarajés ao lado da imagem dela, mas Iansã não come. As pessoas agora estão fazendo as oferendas no altar. A guia dela é vermelha, mas pode ser marrom também; hoje ela está usando a vermelha."

Em seguida, nosso motorista comentou, voltando-se para nós:

"O ponto de Iansã é bonito, não é?"

Fizemos que sim com a cabeça.

"E a saudação, estão ouvindo?..."

"Vamos, Vívian, já ficamos bastante tempo", disse a agoniada Hilda.

Eu me virei para seu Costa e comentei:

"Que pena, mas precisamos ir. Muito bonita a cerimônia. Obrigada por ter nos trazido, seu Costa." E, para Hilda, disse, baixinho: "Agradeça também, Hilda".

Voltamos para o carro. Enquanto nos acomodávamos no banco de trás, Hilda se agachou, pegou a urna do chão e voltou a segurá-la no colo.

Ao voltarmos para o nosso quarto no hotel, me dei conta de que daquele momento em diante eu ficaria a sós com as cinzas de Conrado. Talvez fosse isso mesmo que ele desejava, ficar a sós comigo. Se bem que eu não me sentia à vontade para ficar sozinha com o que restara dele. Dura solidão. Na verdade, estava com medo. Hilda entrou pela última vez no banheiro, ou pelo menos assim eu esperava. Tão logo ela saiu, entrei em seguida, dizendo que não ia me demorar, que gostaria de me despedir dela com calma.

Passados alguns minutos, abri a porta do banheiro e deparei com a ausência de Hilda. Onde ela se metera? Por acaso, teria ido embora sem se despedir? Rodei os olhos pelo quarto, e nem sinal dela. Liguei para a portaria e perguntei se a tinham visto passar por ali. Saíra apressada, disseram. Desliguei aflita, sem saber o que podia ter acontecido. Nesse instante, deparei com outra ausência. A urna! Hilda a levara! Teria ido sozinha cumprir a missão que me fora destinada? Mas que acinte! Liguei de novo para a recepção e perguntei se ela saíra levando uma pequena caixa — não iria dizer "urna". Responderam que não houve tempo para ver, pois ela saiu muito apressada. Hilda é louca, pensei, desligando. Ir embora com os restos de Conrado... Como se lhe pertencessem. Fui pegar meu celular para ligar para o dela, mas me lembrei que o celular de Hilda estava quebrado. Resolvi telefonar para Laurinho, ele iria me ajudar:

"Alô, Laurinho. Sou eu, Vívian."

Laurinho atendeu com uma voz diferente, abafada. O que estaria acontecendo? Então ele disse:

"Te ligo daqui a pouco, Armando. Um abraço."

Armando... Decidi ligar para o meu filho.

"Ozorinho, que bom que você atendeu logo! Hilda, que veio comigo para Salvador, sumiu com as cinzas do seu pai. Chamar a polícia, Carlos Ozório? Não está podendo falar agora? Então me liga assim que puder. Não esqueça."

As crianças estavam chorando. Os homens que poderiam me ajudar se encontravam impossibilitados. Eu chegava à conclusão de que tinha ido à Bahia à toa. Não, tinha ido para me indispor com Hilda. Também não; para reencontrar Laurinho. Resolvi me fixar em coisas boas, positivas. Pensando bem, Hilda não iria embora sem o coroamento de sua estada. Como eu tinha sido infeliz em aceitar que ela me acompanhasse... O que eu estava fazendo, sozinha na Bahia, necessitada, e sem perspectivas de ajuda a curto prazo? Será que eu devia mesmo ligar para a polícia? Conrado não iria gostar que a notícia do desaparecimento de suas cinzas fosse parar nos jornais. Tinha horror a exposição.

"Alô?" Meu celular havia tocado, e eu quase não o escutei. "Sim, querido. Está bem."

Era Laurinho avisando que ia me encontrar no hotel. Sua mulher tinha aberto a porta da cela. Eu odiava Wanda.

Nesse instante de Nosso Senhor do Bonfim, Hilda entrou no quarto, sorrindo, com um embrulho de presente.

"Desculpe não ter avisado quando saí, Vívian, mas quis lhe fazer uma surpresa. Fui comprar papel de presente para embrulhar a urna", disse, erguendo um pouco o pacote para mostrá-lo. "Achei que você ficaria mais sossegada com ela embrulhada."

Não soube o que dizer nem o que pensar. Não há perdão para o que não houve. E em voz alta eu disse:

"Obrigada, Hilda."

Nos abraçamos antes de Hilda sair. Agradeci pela companhia, embora ela tivesse deixado muito a desejar. Muito. Mas não disse isso a ela, evidentemente. Hilda garantiu que me telefonaria de São Paulo. Como se eu não soubesse. Antes de deixar o quarto, virou-se para trás e acenou para a urna, despedindo-se de Conrado.

Pouco tempo depois, bateram à porta. Era Laurinho. Assim que ele entrou no quarto, me abracei a ele de um jeito desesperado. Ele me acarinhou e perguntou o que tinha acontecido. Eu estava esgotada.

Conversamos bastante, Laurinho e eu. Na verdade, eu falei quase o tempo todo, e que escuta, a dele. Interveio em momentos precisos. Além de todas as qualidades, Laurinho tinha um timing perfeito. Tão raro, pessoas assim... Contei a ele sobre o desaparecimento de Hilda, da minha aflição, meu desespero, melhor dizendo, em seus menores detalhes; quando Laurinho percebeu que eu estava mais calma, sugeriu que fôssemos jantar no restaurante do hotel. E pela primeira vez ele dispensou a garrafa de vinho. Sentiu que o momento não era adequado. Conversamos mais um pouco enquanto jantávamos, e assim que terminamos, ele foi embora, pois eu estava cansada. O dia fora excessivo para mim.

Quando me vi a sós de novo, me deitei para refletir sobre o que estava acontecendo entre mim e Laurinho. Pensando aqui, ali e além, tomei a decisão de fazer-lhe a seguinte proposta: voltarmos a ser o que sempre tínhamos sido — amigos. Grandes e queridos amigos. A saudade havia nos precipitado para os braços um do outro. A saudade e o vinho, naturalmente. Eu não estava mais em idade de tantos frissons... Não, não era esse o motivo, até porque eu sabia que o desejo não tinha me abandonado; ele nunca nos abandona, na verdade nos acompanha até o túmulo. Libido não envelhece. Atormenta até o fim. Mas precisava refrear meus ímpetos. Impulso: use com moderação. Um ditado que acabo de inventar. Mas, sinceramente, não ficava bem um casal na nossa idade perder a compostura em plena rua. Sentia-me muito vexada por ter me conduzido daquela forma em Salvador. No que dependesse de mim, não se repetiria. Eu tinha certeza de que contaria com a compreensão de Laurinho. Um homem sensível, educado, amigo. Isso mesmo. Eu iria fazer isso. Além de tudo era uma temeridade aonde aquilo poderia nos levar. As hipóteses são sinistras. Laurinho era (e ainda é) um cardíaco, e eu sofro de pressão alta. Eu não sabia o que poderia acontecer a um homem cardíaco no ápice de um intercurso sexual; e eu, mesmo medicada, poderia vir a ter um pico de pressão. Enfim, muitas coisas não necessariamente boas poderiam advir desse encontro. Meu pai teve um amigo que perdeu a vida numa aventura dessas. Deu muito trabalho aos filhos resolver a situação. Como os nossos iriam nos acudir, ambos na Europa? Não, não ia dar certo. Além disso, eu não queria que nossa história acabasse mal; não há quem goste de finais tristes. Logo que aquela área do Farol estivesse desinterditada, eu levaria as cinzas de meu marido para lá e daria por cumprida minha missão. Mas, antes, Laurinho e eu conversaríamos. Havia pensado nessas coisas todas tendo em mente outra providência a tomar no dia seguinte: retirar do quarto todos aqueles vasinhos de flor.

Depois de reencontrar Laurinho, eu conseguiria deixar de vê-lo?

8.

"Alô, meu filho, o que aconteceu pra você estar me ligando? Ah, sim, as cinzas. Foram encontradas, felizmente. Está tudo bem com seu pai, quer dizer, com as cinzas dele. É uma história comprida, que certamente você não vai querer ouvir agora. Mas você ainda não foi para o Japão, Ozorinho? Só no fim da semana? Ah, esqueci. Quer que eu acenda uma vela? Não sei por que ainda pergunto isso a você... Está certo, vou desligar. Um beijo."

Não sou religiosa, mas gosto de acender velas, assistir à missa. Acho tão bonita a celebração, adoro rituais. Um dia, comentando sobre isso com Conrado, ele disse, econômico como sempre: "Lembra um palco". Torno-me devota em situações periclitantes. Viagens em geral e em casos de doenças e dores. Tenho fé em momentos certos.

Eu tinha esquecido de avisar Ozorinho que as cinzas haviam reaparecido. Ele ficou preocupado, e com razão. Também esqueci que ele só embarcaria para o Japão no fim de semana. Minha cabeça andava péssima. Acho que todos aqueles dias na companhia de Hilda haviam me perturbado, entorpecido minha mente. Sentia medo, inclusive, de que tivessem entrevado ou diminuído minha capacidade de raciocínio. Algo que eu tanto prezo. O outro pode nos estimular ou nos empobrecer, essa é que é a verdade. Eu esperava não ter sido atingida. Mesmo assim, sentia falta da presença dela; Hilda nunca foi uma interlocutora, está a léguas disso. É duro falar assim de uma amiga, mas ela beira a indigência cultural. Na Bahia constituiu-se quase em um desastre; em nenhum momento se interessou em visitar museus, por exemplo.

Lembrei que Laurinho havia pedido que eu visse no YouTube sua mais recente descoberta musical. Segundo ele, uma bela peça coral de Paul McCartney, "Ecce Cor Meum"; e de preferência na voz da soprano Kate Royal. Uma descoberta maravilhosa, dissera ele. Havia outra, "Haunted Heart" com Jo Stafford. Sempre empolgado com suas músicas. Como isso embelezava a vida. Era o que eu também pretendia fazer, retomar as coisas belas. A experiência do belo é a única capaz de nos silenciar.

Quando Laurinho não podia me telefonar, e isso era frequente — por vezes me ligava da cidade, no meio de um burburinho, e eu praticamente não escutava nada —, me escrevia e-mails, e em quase todos me mandava uma de suas descobertas musicais. Conhecia peças lindas. Estaria nos reconstruindo através da música? Com a partida de Hilda, eu estava tendo tempo e sossego para apreciá-las. Não parece, mas Hilda é muito absorvente. Mesmo assim, ela havia me deixado numa solidão devastadora. Estava inteiramente ao meu dispor. Sentia-me prestes a chorar a todo instante, mas esperava o pranto se avolumar para então ir para a cama e derramar lágrimas à vontade.

Pretendia levar as cinzas de Conrado para o Farol no dia seguinte, porém antes precisava me informar se seu entorno já fora liberado. Depois, então: casa, amigos, cachorro, minha vida de sempre. No meio, ainda haveria um voo. O da promessa. Eu me lembrava muito bem do trato que fizera com o destino, pedindo a transferência de uma possível queda do avião da ida para a volta. Se isso acontecesse mesmo, o casal que Conrado e eu tínhamos sido se extinguiria. Por motivos alheios a nossa vontade, evidentemente. E eu, com tantas saudades de São Paulo. Quem não é paulistano não avalia como é bom morar nesta cidade. Apesar do trânsito, das enchentes, dos assaltos, é uma cidade que atrai, sobretudo culturalmente. E com saudades também porque eu não estava conseguindo escrever em Salvador. As cores e a luz da Bahia hipnotizam qualquer um. Não há concentração possível naquele azul infinito. Para se trabalhar, São Paulo é incomparável. E eu precisava voltar a escrever com urgência, pois tinha me comprometido a entregar o romance para a editora até o fim do ano. Caso houvesse a destruição total da aeronave, romance lançado ao mar... Ah, meu Deus, quem estaria me ligando?

"Alô? Chegou, Hilda? Estou muito bem. Não, não saí e nem sei se vou sair, estou pensando em trabalhar um pouco. Está tudo bem, sim. Devo ir amanhã, espero que o local já esteja liberado. Estou sem notícias dele. Deve estar em casa com a mulher. Está bem. Obrigada. Vamos ver se dessa vez vai. Um beijo."

Hilda voltara ao normal. A amiga que eu conhecia e de quem gostava.

O celular de novo.

"Alô?" (Jurava que era Laurinho...) "Jô, há quanto tempo... Pois é, estou aqui em Salvador atendendo ao último pedido do meu marido: deixar suas cinzas na cidade em que ele nasceu. Não, a Hilda esteve aqui até ontem, mas precisou voltar para São Paulo. É, é difícil mesmo, tudo é muito difícil, não? Concordo, algumas coisas são mais que outras. Amanhã devo realizar o pedido do Conrado, e em breve estarei aí com vocês." (Caso o avião não caia, naturalmente.) "Está tudo bem com você? E o marido, vai bem? Ah, eu não sabia... Desculpe, Jô." (Nunca se pergunta por marido, Vívian, esqueceu?) "Mas você está bem? Que bom. Estou com muitas saudades. Tchau, querida. Gostei de ter ouvido sua voz. Um beijo, ligo assim que chegar."

Fui ligar o computador quando ouvi o celular tocar de novo. Tive certeza de que era Laurinho.

"Alô? Cecília, como vai? É, estou aqui na Bahia, por incrível que pareça ainda não consegui atender ao pedido do meu marido. Mas amanhã acredito que vai dar certo, o local deve estar liberado. É, está impedido. Estão fazendo obras lá. E você, como vai? Cansou dos homens? Mal de muitas... Também estou trabalhando, mas não tanto quanto gostaria. Vamos, vamos nos ver. Também estou com saudades. Ligo, ligo, sim. Um beijo, querida."

Será que Hilda teria dito a minhas amigas para me ligarem? Era bem possível. Esse tipo de afeto combina com ela.

Outro telefonema!

"Alô? Olá, Ana, pois é, continuo na Bahia, aguardando o local que eu escolhi ser liberado para eu poder levar as cinzas para lá. Estou bem. E com você, como vão as coisas? Ah, é? Fico contente por ela. Sua filha sempre teve muito talento. Vai ser uma bela atriz, com certeza. Parabéns! É, logo estarei aí com vocês." (A todo momento eu me repito.) "Não, a Hilda teve que ir, mas fico muito bem sozinha. Até a volta, querida. Obrigada pelo telefonema. Para você também."

Só podia ter sido ideia da Hilda. Resolvi dar um jeito naquilo.

"Sou eu, Hilda. Agradeço sua preocupação comigo, mas não aguento mais atender a tantos telefonemas. Tenho mais o que fazer. Esqueceu que estou escrevendo e tenho prazo pra entregar o livro? Pare de mandar as amigas me ligarem, por favor. Não faço outra coisa senão atender o telefone... Sei que você se preocupa, mas estou bem, fique tranquila. Essa semana ainda estarei de volta. Um beijo."

Não aguentava mais pensar e falar nas cinzas e no Farol. Além do mais, afeto em demasia cansa! Quem eu queria que ligasse estava mudo. Talvez a mulher de Laurinho o tivesse mandado fazer mil coisas. Há mulheres assim, que sobrecarregam os maridos com uma porção de tarefas para que eles não tenham tempo para mais nada. Achei que Wanda devia ser uma delas. Laurinho estava tendo acesso ao computador, mas não ao telefone? Ao próprio celular? Talvez ela não esteja dando trégua, deve ter percebido alguma coisa diferente nele.

Precisava me descompensar com alguém. Já sei.

"Escuta, meu filho, me escuta. Às vezes eu acho que você é filho da minha imaginação, que é mais um dos meus personagens, resultado de um dos meus surtos criativos, que não tem existência real. Não, não diz nada, porque não estou me sentindo bem, nada bem, Carlos Ozório, e, como mãe, tenho obrigação de te contar, de te pôr a par do que está me acontecendo, que não é pouca coisa. Não sei direito o que estou sentindo, mas é forte, muito forte, mal estou conseguindo suportar. Deixa eu te falar, meu filho, não aguento mais viver longe de você. É isso. Essa é a verdade. Cansei das nossas comunicações meteóricas, pra mim chega! Não tenho estrutura para tanta distância. Chega, Ozorinho! Talvez eu esteja adoecendo exatamente por causa disso. Você sabe que muitas mães morrem porque os filhos se afastam delas? É o óbito mais comum. Estou falando sério. E você está cada dia mais longe de mim, meu filho, e eu não estou me referindo apenas à distância geográfica; você está distante de mim, quase não fala comigo, eu, a *sua mãe*, uma mulher entrada nos anos, agora viúva, que só tem um filho, *você!*, e o ama profundamente. Deixa eu chorar, não me interrompa, eu te peço, preciso que você me ouça antes que seja tarde. Dê um jeito de vir me ver, escutou bem?... O quê? O que você disse? Sei. Sim. Estou. Claro, Carlos Ozório. Claro, meu filho. Posso entender. Hein? Tem razão. Sim. Sei, concordo. Que coisa bonita você disse agora... muito bonita, Ozorinho. Não se incomode com o meu choro, ele é de alegria, meu filho, de ter escutado uma coisa tão linda de você. Muito bonita mesmo. Obrigada, querido. Ligue quando puder. Claro, entendi. Te amo muito. Fique com Deus. Boa viagem pra vocês. Um beijo grande."

Pronto, fim do faniquito. Que bênção, esse meu filho... Depois do que Carlos Ozório disse, me senti outra. Conrado não devia ter se preocupado em me deixar sozinha, sabendo o filho que temos. Eu já podia ouvir música com outro espírito. Me sentia em paz.

Fui até o meu notebook e, além das músicas que Laurinho tinha me enviado, encontrei um novo e-mail dele me dizendo que eu escutasse "Linger a While".

Foi o que fiz.

Nesses dias em Salvador, quis ver uma cartomante e o seu Costa me indicou uma. Hilda ainda não tinha voltado para São Paulo e silenciou quando lhe contei sobre meus planos. Escandalizada com a minha ideia, certamente. No dia até tivemos um ligeiro entrevero por causa disso. Nunca há tranquilidade o bastante.

Bem, mas a cartomante, depois de colocar um copo d'água a seu lado e em seguida botar as cartas, me disse que a mulher de Laurinho o ameaça (a sentenciosa Wanda) com uma frase deste tipo: "No dia que eu souber de alguma coisa, vou embora". ("Alguma coisa" é esplêndido.) Quanta originalidade. Como se nos quase cinquenta anos de casamento deles Laurinho não tivesse vivido nenhuma aventura, com o transbordamento que o caracteriza. Cega Wanda. Se Conrado, que era sério, digno, probo (no dizer de meu pai), lançou-se a uma aventura, Laurinho, então, deve ter se esbaldado. Wanda, aliás, devia ser grata a essas mulheres, pois foram elas que a ajudaram a chegar perto das bodas de ouro. A quantos amores clandestinos devemos a bem-aventurança de um lar sempiterno... São eles, na verdade, os verdadeiros baluartes dos matrimônios. Dos casamentos insolúveis. Devíamos dar graças a essas anônimas, avulsas e disponíveis criaturas. Se crédito há, cabe unicamente a elas.

Meu telefone tocava. Outra vez? Era inacreditável! Enquanto eu procurava o aparelho, guiando-me por seu som, eu apostava que era Hilda, certamente querendo que eu falasse em inglês com a tal prima dela. Quem faltava telefonar? Meu amor. Mas amor sempre faltava.

"Alô?" (Era ele!, só para me contradizer.) "Mal estou te ouvindo, a ligação está péssima. Hein? Onde você está?" (Ai, meu Deus, eu não escutava nada.) "Tente mudar de lugar. Ah, melhorou! Na sua casa em Mar Grande... Foi ajeitá-la para os parentes de sua mulher. Sei. Como eu vou amanhã? Sozinha. O quê? Está falhando de novo, Laurinho. Agora melhorou. Está bem. Está. A que horas? Tudo bem. Estarei pronta. Vamos desligar, aí pega muito mal. Um beijo. Também estou, muitas. Até amanhã."

Laurinho tinha dito que fazia questão de me acompanhar ao Farol no dia seguinte. Tudo bem, ele era uma pessoa discreta, não haveria de interferir. Também não havia nada em que ele pudesse interferir. Resolvi dar um pulo no restaurante para comer alguma coisa e para sair um pouco, mudar de ambiente. Aproveitaria para perguntar na recepção sobre se aquela área do Farol da Barra tinha sido finalmente liberada. Certamente eles teriam alguma informação.

Lá embaixo me confirmaram que as obras de fato haviam terminado. Viva!, exclamei por dentro. E depois: calma, Vívian...

Voltei logo para o quarto, porque queria escrever. Minha história caminhava. Sem a presença de Hilda e com Laurinho fora, não haveria interrupções. Demorei para localizar o arquivo, todas as vezes acontece isso e todas as vezes me assusto. Fiquei feliz quando o encontrei: "Amor em dois tempos".

Mamãe saiu com papai, Laurinho, foram para o Rio de Janeiro, comer croquete de camarão, papai disse. E eu fiquei com a minha boneca.

Olha o que eu ganhei do meu pai.

Um binóculo? Deixa eu ver...

Quer ver?...

Laurinho ameaçou abaixar o short.

Vou contar pra minha mãe.

Ela saiu.

Comecei a chorar e Laurinho parou o que estava fazendo.

Acordei toda doída por ter dormido com a cabeça em cima da mesa. Estava sonhando. Com o que mesmo eu sonhava?

Insônia é uma maldição. Só tenho sono fora da cama. Há horas eu vinha tentando dormir, até que decidi tomar um remédio. Enquanto esperava pelo sono, fui trabalhar mais um pouco no computador e acabei dormindo com a cabeça sobre a mesa.

Eu acho que não dormia de raiva. O ronco de Hilda me fazia falta, assim como o de Conrado. Sentimos falta das piores coisas. É impressionante como extraímos prazer do sofrimento. Conrado, Conrado, este silêncio me faz pressentir sua presença, e então me sinto totalmente nervosa e completamente calma, se você me entende.

* * *

Acordei assustada. Que horas são? Nossa, perdi a hora! Onde estão meus óculos? Senti o vazio do quarto. O abandono era um fato. Dos mais constantes. Achei os óculos! Eram oito horas da manhã. Precisava estar no hall do hotel em uma hora, de banho tomado e arrumada. Corre, Vívian, corre!

Descemos, a urna e eu, bem-arrumadas. Como Hilda havia previsto, embrulhada para presente como estava, a caixa passava despercebida. Ninguém diria o que eu levava ali. Que coisa... eu prestes a me encontrar com outro homem na cerimônia de adeus ao meu marido. Havia me distanciado muito do conceito que eu fazia de mim mesma. A ideia que eu fazia a meu respeito havia rolado ladeira abaixo na Bahia. Por outro lado, achava natural um amigo de infância me acompanhar num momento como aquele, embora nós dois soubéssemos que nossas intenções um com o outro não eram unicamente de amizade.

"Olá, querido."

Tão mais lindo de manhã! Achei que ele tinha aparado o cabelo. Bem-vestido, gestos elegantes. Um gentleman!

"Você é ainda mais bonita de manhã, querida. Seu encanto natural fica favorecido. Já tomou seu café?"

"Não."

"Então vamos tomá-lo juntos. Vim em jejum torcendo para que pudéssemos desfrutar desse momento."

Éramos tão espontâneos quando crianças e, no entanto, nos tornamos velhos formais. Que perda. Talvez irrecuperável. O tempo em seu último e brutal movimento.

Pouco depois, rumávamos para o Farol no carro de Laurinho conduzido por seu motorista, lado a lado, a urna de Conrado em meu colo. Não sei mais o que pensar da minha conduta; achei melhor me deixar um pouco para lá. Não me dar tanta importância. Eu não merecia. Isso mesmo. Laurinho falava de música, seu tema, por excelência.

"A sétima de Bruckner, além de sua elevação espiritual, é uma obra que, do ponto de vista da interpretação, constitui um dos maiores desafios para maestros de todo o repertório pós-romântico, pela complexidade da partitura..."

Eu tentava me concentrar para a cerimônia das cinzas que, finalmente, iria se realizar, ao mesmo tempo que me sentia fascinada com o conhecimento de Laurinho. Como ele se tornara culto...

"... pela alta subjetividade da expressão, sobretudo em relação aos três grandes desafios absolutamente transcendentais: o primeiro movimento, repassado de uma gama variada de tensões e sublimidades..."

Devia estar achando que eu estava nervosa e queria me distrair. Sempre amoroso.

"... o segundo movimento, um dos mais longos adágios escritos de toda a literatura musical, de uma beleza devastadora, e o terceiro, *scherzo*, nos seus primeiros compassos oferece dificuldades enormes ao maestro e à orquestra. É nos detalhes que se percebe toda a grandeza da maior obra escrita por Anton Bruckner."

Quase aplaudi.

"Que beleza, tudo isso que você disse, meu querido."

Ele sorriu, prosa.

Nesse instante, meu celular tocou. Depois do embate de sempre com a bolsa para localizá-lo, vi que se tratava de uma ligação de Hilda. Atendi. Ela queria saber se o Farol havia sido liberado. Respondi que estava indo para lá. Não dei mais detalhes porque temi que ela desconfiasse que Laurinho estava comigo. Então seriam duas a me censurar: eu e ela. Ele, sempre discreto, manteve-se em silêncio. Conversaríamos depois, eu disse a Hilda, desligando.

Quando o motorista abriu a porta do carro para nós, Laurinho desceu na minha frente e, em seguida, me estendeu a mão para que eu saltasse. Caminhamos devagar rumo ao Farol e, ao nos aproximarmos, ele disse que eu provavelmente preferia ficar sozinha naquele momento, mas que ele estaria por perto. Logo que eu terminasse, era só acenar, que ele iria ao meu encontro. E, assim dizendo, distanciou-se alguns passos.

Enquanto eu desembrulhava a urna, desvencilhando-me do papel de presente, me senti um pouco zonza. À medida que a caixa surgia, eu pensava que nunca tinha imaginado viver um momento como aquele. Apesar de mais moça que Conrado, eu achava que o contrário se daria. Fiz uma oração curta, com o pensamento voltado para Conrado e também para meu filho, que, eu tinha certeza, gostaria de ter podido participar da cerimônia de despedida do pai. Tentando me controlar de todas as maneiras, abri a urna e olhei para o seu interior.

"Vívian... Vívian...", eu escutava ao longe, sentindo umas pancadinhas no rosto.

Aos poucos me dei conta de que era a voz de Laurinho.

"Você está bem? O que aconteceu?", perguntou ele, assim que abri os olhos.

Com dificuldade, disse:

"A urna está vazia."

Só então percebi que estava deitada na grama com a cabeça no colo dele.

"O que você disse, Vívian?"

"A urna está vazia..."

Laurinho ajudou-me a me levantar e, abraçados, amparando-me, fomos voltando para o carro. Confusa, com os pensamentos deslizando de um lado a outro sem se fixar em ponto algum, eu não conseguia dizer nada. Laurinho, pálido e em silêncio, acarinhava minha mão. O que teria acontecido às cinzas de Conrado? Me veio o pensamento-relâmpago de que Hilda talvez as tivesse pegado naquela sua saída repentina antes de voltar para São Paulo. Mas, por outro lado, eu não acreditava que ela pudesse ter feito isso. Ninguém em sã consciência faria uma coisa dessas. Como elas haviam desaparecido, então?...

"E se eu contar no hotel o que aconteceu?", consegui perguntar a Laurinho.

"Será aberta uma investigação policial, querida, nas duas cidades: aqui e em São Paulo, de onde as cinzas vieram. Isso vai lhe trazer muitos aborrecimentos, Vívian. Não estou dizendo que não faça a denúncia, mas é importante conhecer as consequências, se você optar por esse caminho."

"Não, eu não quero..."

E sabia que Conrado também não gostaria que eu fizesse isso.

"Mas o que pode ter acontecido, Laurinho, se meu filho foi buscá-las no crematório e me contou que abriu a urna ao recebê-la, e aqui, quando chegamos, pedi a Hilda que fizesse o mesmo? Só se ela não disse a verdade... Se foi isso, com que intuito?"

"Não se atormente, Vívian. Você tomou todos os cuidados, querida, fez tudo que estava a seu alcance. Podemos levantar várias hipóteses para o desaparecimento das cinzas, mas dificilmente vamos saber a verdade."

"Deixei de atender o único pedido que o meu marido me fez. Ele, que nunca me pedia nada, que sempre se mostrou autossuficiente em tudo... Só isso ele me pediu, e ainda assim porque não podia ele mesmo realizá-lo, e eu não fui capaz de cumprir o que lhe prometi. Quantas vezes ele me falou do Farol da Barra... Falhei, Laurinho. Como vou contar ao meu filho? Ele jamais vai se conformar que o pai, digo, que as cinzas do pai se perderam. Será que foi uma das arrumadeiras do hotel? Uma tarde, tivemos dificuldade de encontrar a urna quando voltamos para o quarto no fim do dia. Chegamos a imaginar que a arrumadeira a tivesse confundido com uma caixa de joias, aberto a urna, e depois a tivesse deixado em outro lugar. Foi com muito custo que Hilda a encontrou."

Laurinho me fez um afago e eu me calei. Devia estar exausto, coitado, de tanto que eu falei. No carro, voltei a chorar e, de repente, me vi em prantos. Ao nos aproximarmos do hotel, Laurinho perguntou se eu ficaria bem sozinha. Preocupado por não poder ficar comigo... Na certa tinha que bater o ponto. No entanto, propôs que jantássemos juntos naquela noite, caso eu estivesse disposta. Aceitei, afinal precisava de companhia, e não havia ninguém mais a quem recorrer. Além do mais, queria ficar perto dele.

Desci do carro, me despedi de Laurinho e passei direto pela recepção, indo pegar o elevador. Ao entrar no quarto, caí na cama. Padece-se de tudo em torno ao nada.

Naquela noite, Laurinho e eu fomos a um restaurante acolhedor. Ele cuidou de tudo, escolheu os pratos e não dispensou a garrafa de vinho. Devia estar com vontade de beber depois do dia que tivéramos. Explicou que seu médico havia receitado a bebida para proteger seu coração. Eu já ouvira falar nisso. Aliás, hoje em dia todos repetem isso. Conrado e eu também tomávamos, comedidamente. Ele, apenas uma taça, eu, sempre um pouco mais. O vinho me trazia uma atmosfera de sonho de que sempre necessitei. A análise não havia me curado, se é que tenho cura. Li em algum lugar que a análise não nos cura, mas mostra em nós o que é incurável. Em mim deve ser muita coisa.

Ao invés de rir, como seria de esperar, pois é o que acontece comigo depois de uma taça, minhas lágrimas espirraram na mão de Laurinho. Comecei a chorar enquanto desabafava. Disse o quanto tudo se tornara difícil depois da morte do meu marido, falei da solidão que eu sentia, dos medos — como se tudo aquilo fosse novidade para Laurinho, mas ele deve ter se assustado —, que, além de continuarem os mesmos da infância, tinham sido acrescidos de tantos outros.

Ele me ouvia assentindo com a cabeça e sem emitir um som. Desligara-se, é o que comumente acontece na escuta dos homens. Lembrou-me Conrado em seus piores dias. Quando eu chorava, se não houvesse uma explicação que Conrado considerasse convincente, dor, por exemplo, ele se afastava. Como eu quase sempre sofria por coisas irremediáveis, saudades dos meus pais ou do nosso filho pequeno ou do cachorro que havia perdido na infância, Conrado se desinteressava, não se comovia. Nada que eu dissesse o abalava. Ele se sensibilizava mesmo era com a dor física, nessas horas mostrava-se presente. Fosse eu a atingida, esse era o momento em que ele mais se dedicava à nossa relação. Quando era ele a sofrer, resolvia tudo sozinho. Sempre dispensava o outro. No caso, a mim. Eu não podia dizer a Laurinho que entrara em uma cadeia de lembranças da qual temia não mais sair. O passado exerce uma força diabólica sobre nós. Arrasta uns e outros para todo o sempre. A história estava se tornando tristíssima. Eu repetia várias vezes que tinha falhado como guardiã das cinzas.

Nesse instante, as coisas ao meu redor começaram a balançar num vaivém insuportável, já me encontrava em alto-mar (sempre enjoei a bordo) e, justamente quando eu começara a contar sobre o quanto tinha aprendido com o meu cachorrinho perdido, o navio jogava com força de um lado para outro. Sensação horrível, eu cambaleava sentada. Tive a impressão de Laurinho ter falado a palavra "Merlot". Que uva arrasadora. Mesmo assim contei toda a triste história de Star, que foi nosso primeiro cachorro quando nos casamos. Depois tivemos o Happy, o cachorro de Ozorinho, por insistência minha e dele. No entanto, nunca lamentei tanto a perda do Star quanto nessa noite. Estava desolada. Durante o relato, falei sobre o horror de Conrado a animais e em como Star fugia tão logo ele aparecia. E que não eram só os animais que o temiam, as pessoas também. Conrado inspirava medo até nos passarinhos... Já que eu embalara, continuei, dizendo que ele não me deixava escutar música, fosse de que gênero fosse; nem as clássicas. Era um déspota em casa. Além disso, não gostava de sair. Não me acompanhava em nada, embora fosse um excelente marido.

"Companheiro é outra coisa, não é mesmo?", eu disse.

Nesse instante, por um triz não despenquei da cadeira. E eu ali, bombardeando Conrado, coitado, de quem nem as cinzas restavam, denegrindo sua imagem, que ele levara a vida inteira construindo. Além de descompensada, eu estava totalmente embriagada. Jamais me sentira assim, nem nas noites anteriores em que havia bebido muito. Não, devo estar mentindo... E Laurinho mudo, com olhos diminutos (quando bebe, seus olhos murcham), acarinhando minha mão, quando não estava mastigando. Ele gosta muito de mãos. De segurá-las. Gesto que Conrado jamais tivera em toda a nossa vida em comum.

Percebendo o quanto eu esgotara minha capacidade de falar, além de me ver adernando, ele pediu a conta, e fomos embora. Nessa noite, voltei desabada sobre ele; Bovary não compareceu ao passeio. Devia estar em outra cena, mais picante. Picante... Ri nesse momento, Laurinho acarinhou minha mão com mais empenho. Saltei do carro torta. Ele disse que subiria comigo. No quarto, esperou que eu me deitasse, vestida, naturalmente, afinal eu estava a bordo. Tirou meus sapatos, acho que beijou meu rosto e fechou a porta. Minha vida rodava, à deriva.

9.

Na manhã seguinte eu estava mal, bem mal. Que noite! Quanto descontrole... Me sentia inexistente sem o corpo e as cinzas de meu marido. Cruel. Uma dor que eu não sabia onde colocar. Afinal, o legado da morte é o morto. Todos têm direito ao sepultamento, que seu corpo tenha um destino, e isso foi acontecer logo com Conrado, que tanto prezava as tarefas findas. Súbito, me transformei em uma Antígona, e sem ter a quem apelar. O que aconteceu era uma tragédia. Conrado diria que não. Trágico é um ser partido, dilacerado por si mesmo. E não é assim que estou me sentindo? Conrado habituara-se a iniciar as frases com um "não", discordando do interlocutor, sobretudo de mim, além de distinguir o drama da tragédia, criticando as pessoas que empregavam os termos indistintamente. Mas como ele havia desaparecido de vez, considero esse desaparecimento um acontecimento trágico.

Continuei prostrada, passeando os olhos pelo quarto, quando, de repente, bati com eles no chão e vi uma espécie de poeira próxima ao armário. Seria um restinho de Conrado? Em seguida me recriminei por ter pensado uma coisa dessas. Estaria eu evoluindo para um quadro de morbidez, passando a ver cinzas por toda parte? A sensação era de ter sido atirada em um labirinto invisível.

Levantei-me, fui até o telefone e chamei a arrumadeira. Em parte porque queria que ela varresse mesmo aquele pó, em parte para observá-la e tentar descobrir se não fora ela a responsável pelo desaparecimento das cinzas da urna. Pensei que se eu continuasse vendo as cinzas de Conrado espalhadas por todos os lugares, apesar do terrível mal-estar que isso poderia me causar, meu marido continuaria sendo o meu chão.

Mal havia desligado o telefone, a campainha do quarto soou. Hilda se fora, Laurinho não subiria sem me avisar e a arrumadeira não teria tido tempo de receber o recado. Devem ser flores. Meu querido Laurinho não se cansava de ser gentil.

Abri a porta e deparei com a arrumadeira.

"Eu queria falar uma coisa pra senhora", disse a jovem.

"Sim, entre."

Foi ela, pensei na hora.

Meu celular tocou e, embora eu tenha visto o nome de Laurinho, não atendi.

"Entre. O que você quer me dizer?"

Cheia de tiques, a moça. Devia estar nervosa...

"Quero pedir desculpa pra senhora. É que outro dia tive que trazer a minha menina pro trabalho, porque a moça que toma conta dela teve que ir no médico. Ela é pequena, não tem juízo, mexe em tudo. Tá sempre cutucando as coisas. Eu falo, falo, mas ela nunca que aprende."

Comecei a sentir um misto de alívio, raiva e pena.

"Aí, eu tava lavando o banheiro e deixei a menina no quarto vendo televisão, mas ela foi é mexer nas coisas da senhora. Ela viu uma caixa em cima aqui da mesa, pegou, rasgou o papel de embrulho e jogou o que tava dentro tudo no chão. Um instante que eu fui lavar o banheiro e a menina me fez tudo isso... Quando eu apareci, ela botou as mão pra trás. Ela achou que eu não ia ver? Arranquei a caixa da mão dela e embrulhei ela de novo, e quase que dei uma surra nela aqui mesmo. Gritei com ela querendo saber o que tinha dentro da caixa e ela disse que pensou que era bala, mas disse que quando abriu não tinha nada. Só que os pés dela tava tudo sujo e eu perguntei da onde que era aquela sujeira. Aí ela contou que a sujeira tava na caixa. Aí achei que a senhora podia ter guardado areia da praia. Os turista sempre faz isso, leva areia de lembrança. Quero pedir desculpa pelo que a menina fez. Se a senhora quiser dar queixa lá embaixo, a senhora é que sabe."

A menina tinha jogado fora as cinzas de Conrado!

"Está bem. Fique tranquila, não vou reclamar de você nem da sua filha na gerência."

A moça sorriu aliviada.

"Antes de sair, só peço que você varra aquele restinho ali no chão", eu disse, apontando para perto do armário.

Meu telefone tocou. Era Laurinho de novo. Atendi e disse que logo mais ligaria para ele. A arrumadeira foi embora me agradecendo muito. Que instante terrível... aniquilante. Meu marido varrido teve um fim imerecido. Eu perambulava pelo quarto esbarrando nas coisas. Desequilibrada. Que vontade eu estava de falar com Conrado, de me desculpar com ele. Eu chegava à triste conclusão de que não era uma pessoa confiável. Uma menina havia jogado fora as cinzas de Conrado. Uma menina. Que mal sabia o que é a vida, que diria as cinzas que sobram dela... De toda forma, pensei, procurando me consolar, era sempre preferível quando as coisas se definiam.

Depois de eu contar a Laurinho o desfecho do caso, combinamos de nos encontrar em seu escritório. Sua voz estava alegre no telefone, feliz por eu finalmente ir conhecer seu escritório. Não falava em outra coisa a não ser naquele seu ambiente de trabalho e lazer, como ele o definia. Seu motorista iria me pegar dali a uma hora. Antes, porém, eu precisava falar com Hilda; eu estava atordoada, inconformada, sem entender como uma coisa relativamente simples, depositar as cinzas de um marido em um certo lugar, tivesse resultado em tanta confusão. Será que Conrado me punia por eu estar me conduzindo de forma inadequada, como ele dizia, naquela viagem? Afinal, minha conduta vinha sendo deplorável; vivendo a dor de uma despedida e ao mesmo tempo... namorando. Fosse ele, guardaria luto por tempo indeterminado. Não. Não guardaria, não, pensei em seguida. Vá se arrumar, Vívian.

De início, Hilda, que é uma pessoa facilmente irritável, mostrou-se revoltada com o acontecido, mas como acredita na vida eterna — enquanto eu acredito na vida terna —, tranquilizou-se, dizendo que, de um jeito ou de outro, com ou sem cinzas, Conrado estaria bem. Entretanto, eu, a viúva, era quem deveria estar mostrando toda a minha revolta com a situação, eu, a que ficara sem os restos do marido, não ela. Mas como Hilda fora muito próxima de nós dois e as pessoas costumam confundir as relações, deixei que desabafasse. Embora gaguejante como sempre, sua fala melhorara sensivelmente em São Paulo. Nada como a volta ao lar.

Desliguei o telefone pensando em como vamos nos modificando com a idade, ganhando nuances. Se o tempo nos tira tudo, em compensação nos deixa mais compassivos, benevolentes, com um olhar mais generoso. Tal como seixos nos rios, vamos nos esbarrando uns nos outros e nos polindo. Enquanto eu tecia essas considerações, pensava em ligar para Ozorinho. Quanta saudade, meu Deus. Às vezes, o que basta é ver um filho andando dentro de casa. Eu tinha de contar a ele sobre o desenlace das cinzas. Eu sentia que precisava mais do que nunca de Carlos Ozório. Ele era tudo que me restara de Conrado. Meu pai me dizia para eu não ser uma *mater dolorosa*; até meu filho ir morar fora, eu não era. Só depois, quando ficamos distantes, é que se abateu sobre mim essa dor infinda. Eu já havia passado por tanta coisa nessa fase europeia de Ozorinho... Nem sabia como ainda estava viva. Só as quedas... Meu filho tinha prometido me ligar quando chegasse ao Japão. Devia estar nesses voos de dia inteiro, e ainda com duas crianças, meu Deus. Que viagem! Seria um voo pela calota polar? O avião voa o tempo todo acima do gelo (eu tinha me informado), sem acesso à terra. Caso fosse necessário um pouso de emergência, e precisassem receber ajuda, adeus.

Eu não tinha escrito mais nem uma linha; é difícil escrever quando a vida nos oferece tantos acontecimentos — pobres velhos meninos. Pobres mesmo, se apaixonarem no final da vida.

Laurinho abriu a porta de seu escritório, bem-vestido e perfumado como sempre. A cor da roupa combinava com sua discrição, sempre azul, bege ou cinza. À medida que eu adentrava o ambiente, deparava com estantes e mais estantes de CDs e vídeos, em uma organização que eu jamais vira. Ele me contou que era capaz de localizar qualquer um deles mesmo de olhos fechados. Fiquei imaginando se Laurinho conhecesse as estantes da minha casa. Com Conrado vivo, elas permaneciam em ordem; depois...

Estávamos a sós. Mal eu havia acabado de chegar e de olhar com enorme prazer tudo ali, o celular de Laurinho tocou. Ele deu um pulo no sofá onde acabara de se sentar ao meu lado e foi em busca do aparelho. Atendeu-o saindo para o corredor, mas voltou quase no mesmo instante; mais rápido do que eu supusera. Perguntei se eu atrapalhava alguma coisa.

"De modo algum", disse ele. "Era minha mulher ligando do táxi."

Voltou a se sentar ao meu lado no sofá. Em seguida, tornou a se levantar, dizendo que iria pôr uma peça maravilhosa para tocar. A ocasião merecia. A mulher dele estava em um táxi?

"Fantasia 397 para cravo, de Mozart. Um forte indício do romantismo que se antecipava", comentou.

Enquanto ele punha o CD e o "táxi" de Wanda dava voltas em minha cabeça, reparei nas marinhas de Dorival Caymmi em uma das paredes. Nesse momento, ouvi sua voz perguntando se eu aceitava um dry martíni.

"Nunca tomei. Acho que prefiro uma Coca-Cola", disse.

Eu me conhecia, quer dizer, no que dizia respeito a bebida havia passado a me conhecer na Bahia. Se bebesse algo alcoólico, não demoraria a estar em prantos, totalmente desequilibrada. Eu tinha a impressão de que vinha gostando daquela experiência estonteante.

"É a bebida preferida dos escritores", ele me explicou, sentando-se em seguida.

"É?"

"Pensei que você fosse me acompanhar... É uma bebida para se tomar em momentos especiais da vida", acrescentou, lançando-me um olhar diferente.

"Está bem, então vou provar."

Tenho tudo, menos solução, pensei.

Laurinho se levantou e me estendeu a mão.

Mão quente, afetiva, adorável... Já havia sentido sua textura macia nas nossas voltas das noitadas.

"Antes quero lhe mostrar o escritório."

Na verdade era um apartamento de dois quartos; amplo, com banheiro e cozinha, bem iluminado e altamente sofisticado. Da sala descortinava-se uma bela vista para o mar da Bahia.

Como tem mar na Bahia... Um colosso!, diria meu pai. Na sua mesa de trabalho, além de um porta-retratos com uma foto de sua gélida mulher (como eu imaginava) e de seu filho (um bonito rapaz), havia um computador e, ao lado dele, uma impressora.

Ao voltarmos para o sofá, ele me serviu uma dose de dry martíni. Era raro eu estar na presença de alguém que demonstrava tanta boa vontade consigo mesmo e com o outro. Eu parecia estar me viciando em álcool. Vinha reparando que quando estava prestes a beber me alegrava por antecipação.

Dois goles foram suficientes para que eu iniciasse minhas lamentações. O muro estava ali mesmo, ao meu alcance.

"Estou inconformada com o que aconteceu, Laurinho. Sinto uma tristeza esquisita, sombria, turva. Acho que estou ficando deprimida. E com razão. Afinal, me desloquei de São Paulo, larguei tudo para trás, vim à Bahia unicamente com a finalidade de atender um desejo do meu marido, e falhei. Estou me sentindo uma incompetente. Uma mulher inconfiável. E tenho sido mesmo. Uma lástima. Devia ter saído sempre acompanhada da urna, e não tê-la deixado no quarto do hotel, onde eu sabia que outras pessoas entrariam. Em um plano que não é o nosso, como diz minha amiga Hilda, que vive mais nele do que aqui, sei que vou ser punida."

Senti que havia entrado em uma frequência dramática.

Depositando sua taça de martíni na mesa ao lado, Laurinho começou a fazer carinho em meu cabelo, dizendo que entendia perfeitamente a minha decepção, mas que aos poucos o que eu sentia iria diminuir de intensidade e me incomodaria menos do que estava incomodando. E, assim dizendo, pôs a mão em meu ombro, encostou o corpo no meu e me beijou o rosto em vários pontos, até seu celular se fazer ouvir de novo. Dei o alarme. Ele tornou a saltar incontinente e se afastou para atender a ligação. Que relação. Wanda estaria para chegar? Pouco depois ele reapareceu se desculpando.

"Era sua mulher?"
Ele balançou a cabeça afirmativamente.
"Está no táxi, voltando", disse.
Ela avisa a cada passo que dá?
"Está vindo para cá?", perguntei.
"Está indo para casa", respondeu.
Assim eles se relacionavam.
"Sua mulher costuma frequentar seu escritório?"
Sim, eu precisava saber.
"Não. Veio aqui apenas duas ou três vezes, que eu me lembre."

Resolvi encerrar o interrogatório. O táxi se fora da minha cabeça, felizmente. Afinal, eu nada tinha a ver com a vida deles. A nossa história a precedia. Laurinho voltou a se sentar ao meu lado e a me abraçar.

Você sabe fazer chapeuzinho de papel?
Por quê? Vou contar pra minha mãe!
Não, Vivi, desculpa. Desculpa, vai, desculpa...
Tá desculpado.

"Laurinho, se você não se incomoda, prefiro voltar para o hotel..."

"Por quê? O que aconteceu?"

"Não aconteceu nada. É que não estou me sentindo bem. E não posso mesmo estar bem com o que se abateu sobre a minha vida. Quebrei meu compromisso com Conrado, essa é que é a verdade."

"Quer se deitar um pouco? Num dos quartos tem um sofá que se transforma em cama."

Avaliei a situação.

"Não, obrigada. Prefiro ir. Seu escritório é muito bonito, gostaria de continuar aqui, ouvindo essas músicas lindas que você está colocando, mas volto outro dia, antes de ir para São Paulo, está bem? Eu prometo."

"Se você prefere assim."

"Não quero que você fique triste. Mais tarde nos falamos."

"Vou chamar o motorista para te levar, Vívian. Se incomoda que eu não vá com você até o seu hotel?"

Balancei negativamente a cabeça.

Laurinho me acompanhou até a portaria do edifício, em frente à qual seu motorista me aguardava.

Eu havia preferido voltar ao hotel porque não estava com a leveza que o momento pedia; pelo contrário. Além disso, queria continuar aquela história na tela do meu computador. Eu sabia aonde a outra, a real, iria dar. E eu ainda precisava me preparar. De todas as maneiras. Não havia mais a facilidade de outrora. Ah, em que coisas andava pensando? E que coisas andava querendo? Não sabia. Em alguns momentos, sim, eu sabia. Eram raros, mas existiam. Porém, passavam, da mesma forma como um dia passou a vontade de fumar. A analogia não é de todo má. Assim que parei de fumar, foi como se tivesse perdido o prazer de viver. Conrado, quando deixou de fumar, dormia tardes inteiras, sendo que um dia, sem saber mais o que fazer, trocou toda a roupa do corpo. Volta e meia a vontade ressurgia como um raio caindo na minha cabeça. Mas bastava esperar que ela passava. Já o amor envolve muita coisa. Envolve o corpo, a alma, que às vezes se ausenta. Como hoje.

Meu celular tocou. Seria ele? Já?

"Alô? Oi, Hilda. É, ainda estou aqui. Por enquanto não sei... Fiquei mal com tudo que aconteceu. Aliás, *péssima*. Mas breve estarei aí, não se preocupe. Hein? Tenho visto pouco." (Lembrei que o motorista de Laurinho podia estar escutando a conversa.) "Não estou achando ruim ficar sozinha... Dou, dou notícias. Não tenho telefonado porque ando ocupada com o livro. Está, está caminhando. Pra você também. Um beijo."

Havia me esquecido de perguntar sobre a irmã dela e a tal prima romena. Pensei em fazer isso no próximo telefonema; em se tratando de Hilda, sempre haveria um próximo telefonema. Como era mesmo o nome da prima? Eu andava tão esquecida... Notava que alguns esquecimentos eram focais e outros amplos, dispersos. Tentei voltar ao que eu estava pensando antes de Hilda telefonar. Como eu andava pensando naqueles dias... Sempre pensei muito, ainda assim minha relação mais íntima era, e ainda é, com os sentimentos. Como a maioria das mulheres. Faz-se de tudo para escapar a um destino sem fantasias. Mas, como dizia Conrado, pensar não é nada fácil. Acho que ele se referia ao pensar enquanto processo intelectual. Fiz força para que meu pensamento não se voltasse para ele de novo. Ah, sim, de passagem lembrei que precisava ir a uma drogaria no dia seguinte. As coisas entre mim e Laurinho estavam se precipitando, eu necessitava de um tempo para me refazer. Não me sentia nada bem, estava atormentada com o que havia acontecido, ou melhor, com o que estivera prestes a acontecer. Também queria falar com meu filho, me despedir dele de novo, com mais calma. Quem sabe ele ainda não tivesse embarcado? Mas ele é que tinha ficado de me ligar, eu sempre esquecia disso.

"Obrigada", eu disse ao motorista de Laurinho, quando o carro parou em frente ao meu hotel.

Saltei rápido sem entender o porquê da pressa. Não estava com vontade de fazer xixi, o que, com a idade, acontece com frequência em função da queda da bexiga. Tudo, absolutamente tudo, cai. Nada se sustenta na idade provecta para a qual me endereçava a passos largos, e Laurinho estava em cheio nela. Por que eu não voltava para casa e envelhecia em paz como as senhoras de antigamente? Havia nobreza na atitude delas. Ao se envelhecer, ganhava-se em alma. Por que eu não me aquietava? Mamãe, minha avó, minhas tias, todas tiveram uma velhice digna, sóbria, honrada. Aceitaram a nova etapa que despontava. Escutei delas essa frase.

Já eu, em lugar da quietude, escolhi estar ao lado do desejo. Caminho no parque todos os dias por uma hora para ganhar saúde e prolongar a vida (volto estafada), sei que me arrisco, qualquer dia posso cair e ficar lá estendida. Mas tomei precauções: fiz um cartão com meus dados, para que alguém saiba a quem chamar caso faça o meu resgate. Quase todos os dias, leio e escrevo e sempre que posso aproveito a programação cultural da cidade. Sem contar que estou sempre atenta ao novo, em que área for. Não me dou sossego, convicta de que a vida é celebração, e, por mais absurdo que parecesse naqueles dias em Salvador, eu sentia que um novo mundo começava para mim. Uma ideia estapafúrdia para ocorrer a alguém na minha idade, convenhamos. Teria sido o clima baiano? Bem, voltemos à tela protetora.

Já no quarto, assim que abri minha caixa de e-mails, encontrei um de Laurinho.

> *Meu amor,*
>
> *Desculpe estar escrevendo, mas é que só soube de tudo quando cheguei em casa, depois que nos despedimos. Estou embarcando neste final de semana para ver meu filho em Londres, mas continuarei em contato com você por e-mail ou telefone. Devo me demorar por volta de dez dias. Rodrigo vai nos mandar as passagens. Quando puder, escute as canções de Rachmaninov. São as peças mais belas que já se escreveram para o canto e para o piano no período pós-romântico. Procure ouvi-las na interpretação de Elisabeth Söderström. Sinto muito deixá-la assim de repente, sobretudo sozinha, mas meu motorista estará às suas ordens para o que for necessário. Ele vai ficar com o meu outro celular, esse cujo número você tem. Boa viagem de volta a São Paulo.*
>
> *Já saudoso, beijos do seu Laurinho.*

Não chora, Vívian, não chora. Você está sendo abandonada por todos, progressivamente, por um motivo ou outro, mas lembre-se do que o seu pai lhe dizia: "Fique firme, minha filha. Fique firme".

Num ímpeto, decidi ligar para Laurinho. Eu talvez o colocasse em má situação, mas naquele momento fui em frente. Ele atendeu com voz abafada. De novo no banheiro, certamente. Devia correr para lá quando via meu nome. Que absurdo. Eu mal o escutava, mas perguntei:

"Aconteceu alguma coisa com seu filho, Laurinho?"

Consegui ouvir um "não".

"Sua mulher deve ter resolvido ir, e você, sem pensar duas vezes, concordou, não foi?"

Mutismo do outro lado da linha. Antes que ele me chamasse de Armando ou de outro nome que lhe viesse à cabeça, dei tchau e desliguei com raiva.

Fui me deitar. Me aquietar. Achei que tinha tido um pressentimento quando disse a Hilda que Laurinho e a mulher iam viajar. Volta e meia me acontecem coisas dessa natureza. De repente, ouvi o celular tocando. Levantei rápido, achando que fosse ele.

"Já vai embarcar, meu filho? Onde você está? Já na sala de embarque? Quantas horas são mesmo de São Paulo ao Japão? É claro... de Paris ao Japão? Quanto tempo. Está contente, filho? Não, não estou triste, é que eu estava deitada, quase dormindo, quando o celular tocou. Não, Ozorinho, eu não me importo, acordo quantas vezes for necessário, meu filho, você sabe disso. Quantas vezes não acordei para ir ao seu quarto quando você era menino? Mãe dorme com um olho, enquanto o outro está sempre vigilante. Já estão chamando? Vai com Deus, boa viagem, ligue quando chegar. Já sei, já vou desligar. Não esqueça de telefonar, senão fico aflita, você sabe. Até logo, querido, dê lembranças a eles. Boa viagem."

Foram-se todos. Todos. Tranquilize-se, Vívian. Você não está só no mundo. No momento não há ninguém a seu lado. No momento, pense nisso. Procuro sempre me aconselhar, me ouvir. Converso muito comigo, na maioria das vezes dá certo, mas às vezes surge um satãzinho. Resolvi me deitar. Fechar os olhos. Tentar relaxar. Foi o que fiz. Pouco depois eu estava vendo uma cabra, não uma cabra qualquer, e sim a do Picasso. Uma cabra com luz própria e que, em segundos, me envolveu em sua luz.

10.

Mamãe, os pais de Laurinho vão sair, ele pode dormir aqui?
Se vocês não fizerem bagunça...
A gente não vai fazer, prometo.
Quero só ver...

Meu bem, esse menino está crescendo, não pode mais dormir na cama da Vívian...

Ouvi o que papai falou. Por que Laurinho não podia mais dormir na minha cama? Quando Laurinho acordar, vou contar que meu pai vai brigar com ele porque ele cresceu.

Cheguei aos Jardins. Viva. Na bagagem, meu computador, poucos livros e muita saudade. E não havia conhecido o Solar do Unhão! Há coisas assim. Jamais vistas. A saída seria um atropelo, uma verdadeira operação, digamos, não fosse aquela santa criatura — o motorista de Laurinho — me despachar. Eu já havia liberado seu Costa, que tinha sido de grande ajuda na minha temporada baiana, sobretudo em nossas viagens ao Farol.

Mal acreditava que estava em casa de volta... De volta aos Jardins, ao meu querido Jardins. Encontrei todos vivos, as moças de casa, o cachorro, as plantas. Conrado, bem, Conrado havia partido, se bem que eu tinha a impressão de que ia encontrá-lo de livro aberto no colo. De repente, esqueci que fora à Bahia por causa dele e que nada tinha acontecido. Quer dizer, tinha acontecido: um desastre nas mãos de uma menina. Eu não iria pensar mais nisso, até porque de nada adiantaria. A vida talvez seja isto mesmo: para alguns, muito do nada; para outros, nada do nada. Bem, mas ali estava eu. Chovia. Faltava-me chuva. O sol seca, a chuva umedece e faz brotar. Amo esta cidade chuvosa e fria; há os que se queixam, estes não sabem como é bom viver em uma cidade concreta. Real. São Paulo é uma cidade séria, sem magia, lugar onde se trabalha. Não que em outras cidades não se trabalhe, mas o horizonte em São Paulo é o trabalho. Não há mar à vista. Não há sequer vista. É uma cidade que não se oferece ao primeiro olhar, há que lhe descobrir as entranhas; é ali que ela pulsa e esconde seu mel.

Viúva outra vez. Na Bahia, em alguns momentos, eu me sentira solteira. Sensação magnífica. Alterei estados e me alterei também. Na verdade não foi só lá que me senti assim; volta e meia me sinto jovem, ainda com tudo por viver, quando então sobrevém a temporada das quedas. Quase sempre fatais. Diz Hilda que eu me precipito ao solo para que o ortopedista, por quem me apaixonei (segundo ela), me salve. Isso me lembra a história de uma tia que tinha oitenta e cinco anos, estava sem firmeza nas pernas e não queria mais sair de casa. Seu filho — que já morreu, na minha família houve uma dizimação em massa, sobramos apenas meu filho e eu — disse à mãe que ela devia procurar análise, pois estava desenvolvendo uma fobia de sair às ruas. Não sei se há semelhança com o que acabei de contar a meu respeito. Em Salvador, com essa alteração de tempos, foi como se eu tivesse me submetido a uma terapia de regressão... Vez por outra digo disparates, para mim mesma, felizmente.

Estava atordoada com a volta a São Paulo. Quantas coisas intensas me haviam acontecido. Eu mal dera conta de tudo. As cinzas, perdidas, o reencontro com Laurinho e outros eventos que não quero mencionar de novo. Sou uma senhora. Lembro de uma história em que alguém dizia: "Sou uma lady", e em seguida vinha um palavrão. Não, melhor não contar. Não combina com meu estilo. Se Conrado estivesse vivo, censuraria até mesmo a menção a essa história. Era implacável, sobretudo comigo. Sempre atento ao que eu dizia, para me corrigir. Eu pedia que me deixasse errar, me atrapalhar, que não me corrigisse o tempo todo; só assim eu daria o meu melhor. Ele me olhava com ar abismado e nada dizia. Impressionado, talvez. Quando falava, Conrado na verdade proferia sentenças. Dava sempre a impressão de estar em um tribunal. Contudo, ainda hoje sinto falta de suas observações pontuais. Sente-se falta de tudo nesta vida. Saudades, então... vivo delas. Das pessoas que nutriram minha alma. Conrado propriamente não me nutriu; ele me pôs para a frente. Intuiu que eu não era apenas o espetáculo que todos viam. Investiu em mim. É uma forma de amor. Com isso deixei de ser um ornamento decorativo para me tornar uma mulher operante. Mas chega, não quero entrar num saudosismo infindo. *E la nave va*...

Eu achava que levaria o resto dos meus dias elaborando meu episódio baiano. Esquecera até da poesia sobre a Bahia que recitara para Hilda... Teria sido a *rentrée* de Laurinho em cena? Era possível. Sentia-me confusa. Mesmo que não existisse fuso horário entre São Paulo e Salvador, o deslocamento me atingira. Qualquer mudança me abala. Bem, lá estava eu, ainda me ambientando, quando o celular tocou. Seria Ozorinho dizendo que finalmente chegara ao Japão?

“Alô, querido! Que surpresa. Não está podendo falar? Alô? Alô…”

Laurinho telefonando para dizer que não podia falar… Interessante. E de Londres. Tive a impressão de que ele mesmo havia desligado, a mulher devia ter surgido de repente, e estava liquidado o telefonema. Tentei não pensar em Laurinho, me concentrar no que era preciso, continuar a escrever meu romance, a editora em breve iria me ligar, eu tinha avisado que chegaria naquela semana.

O celular começou a tocar outra vez e eu pensei que nos últimos dias o melhor seria eu andar com ele pendurado no pescoço, como fazia uma amiga. Ela levava o celular assim perto dela porque o marido lhe telefonava o dia inteiro de dentro de casa. Corre, Vívian, corre! Devia ser Laurinho de novo para dizer que não podia falar.

“Alô? Oi, Hilda! Cheguei, já ia te ligar. Tudo bem? E a família, como está? E a tal prima, ainda está aí? Ah, é? Então a viagem foi proveitosa… Venha, venha, estou te esperando.”

Eu sabia que Hilda iria querer vir aqui. Adora esta casa. Até hoje deve lhe lembrar Conrado. Eu iria pedir que as moças nos servissem um lanche. Torci para que não tivessem se esquecido de comprar queijo de minas. Hilda só come queijo branco. Quando não tem aqui em casa, se aborrece. Eu havia deixado dinheiro com elas antes de embarcar, para que comprassem queijo na minha volta.

O celular, de novo!

“Alô? Sim, querido, estou te ouvindo. Novidade? Então conta antes que a ligação… caia.”

E caiu. Torturante. Wanda devia estar zanzando por perto. Ela devia ser dessas pessoas que nada fazem, e que se mantêm sempre atentas ao outro para criticá-lo. Existe gente assim, pronta para apontar as falhas alheias e não ver as suas próprias. Comportamento execrável.

Pouco tempo depois, Hilda chegou. O que será que havia dito às nossas amigas para que depois nenhuma delas tivesse mais me ligado em Salvador? Ia perguntar a ela.

Eu estava com saudades de Hilda, apesar da decepção que ela havia me causado na Bahia. E do trabalho que me dera, quase ia esquecendo. Hilda e eu conversamos sobre generalidades. Ela quis tocar no assunto do desaparecimento das cinzas, mas enquanto nos encaminhávamos para a mesa, posta para o lanche, eu disse que não queria falar daquilo, que ainda estava me recuperando do acidente.

"Acidente!?", exclamou ela.

"Não deixou de ser, Hilda."

Depois que uma das moças nos serviu chá e saiu da sala, perguntei sobre sua família. Ela disse que não havia novidades, que tudo estava como antes. A irmã continuava em sua aflição costumeira. Não tivera sorte com os filhos. O rapaz não saía da bateria, tocando cada vez mais alto, e a sobrinha continuava na rua com o bandido, ou na casa dele, o que dava no mesmo. A barriga começava a crescer e mesmo assim ela não parava quieta.

"Minha sobrinha vai acabar tendo a criança na rua. Pobre menina", disse Hilda com tristeza e gaguejando um pouco.

Mudei de assunto, para ver se o humor dela melhorava, e perguntei pela prima estrangeira. Vou chamá-la assim porque esqueci seu nome de vez. Prossigo esquecida. Dizem que a memória mais completa é o esquecimento. Parece frase de Conrado. Dessas que demoramos dias para entender. Hilda não respondeu à pergunta que lhe fiz. Estaria ficando surda? Mais essa? Não iria indagar isso a ela. Iniciei um assunto:

"Hilda, estava mesmo querendo conversar com você."

Ela espichou os olhos para mim. Está sempre assustada.

"Pensei neste assunto durante muito tempo, sem ter chegado a nenhuma conclusão, mas acho que você pode me ajudar.

Bem, já contei que minha mãe era uma mulher silenciosa, não contei? Bastante. Pois então, quase sempre ela estava assim, muda. Quando eu fazia ao meu analista a pergunta que vou lhe fazer agora, ele também permanecia em silêncio. Análise, às vezes, pode fazer uma confusão razoável no pensamento da gente. Lá vou eu, enveredando por outro assunto. Bem, mas a pergunta que quero lhe fazer é a seguinte: você saberia dizer o que tanto minha mãe pensava? Talvez a isso você possa me responder. Meu... O celular está tocando. Já volto."

Enquanto eu seguia para a sala a fim de atender o celular, já imaginando que fosse Laurinho, me ocorreu que Wanda não devia conversar muito com ele. Existem mulheres sem nenhum interesse pelas coisas do marido, e, no entanto, eles permanecem casados. Vence o ditado: o hábito é a nossa segunda natureza.

"Sim, Laurinho. Conte logo a novidade."

"Você vai gostar...", foram as últimas palavras que escutei.

Bem no dia da minha chegada, toda aquela confusão... Eu me sentia exausta. Voltei à sala de jantar. Hilda perguntou quem era.

"Uma ligação que está caindo."

"É ele?"

"Quem?"

"Ora, quem, Vívian!"

"Laurinho?"

"É."

"Claro que era ele. Pensei que você soubesse."

Hilda ficou estatelada.

"Continuando, senão quem não vai conseguir dizer o que quer sou eu. Estava falando sobre a minha mãe. Como você sabe, há muito tempo ela está em outro mundo, e ele é um mundo acessível e familiar a você. Pois então eu lhe pergunto: você pode estabelecer algum contato com ela? Eu tive uma parenta que se relacionou com seu marido morto até o fim da vida dela. Você pode fazer essa mediação entre mim e minha mãe, Hilda? Era o que eu queria lhe perguntar. Na verdade, lhe pedir."

"As coisas não são assim como você pensa", respondeu ela.

"E como são as coisas?"

"Difíceis de explicar para quem não tem fé."

Hilda não foi delicada. Me senti um pouco ofendida. Afinal de contas, eu tinha me aberto com ela, falado sobre minha mãe, de quem quase nunca eu falava. Decidi não insistir no assunto, para evitar um possível desentendimento. Melhor fugir de um confronto. Contemporizar. Minha avó dizia que a única coisa difícil na vida é a convivência. E estava certa. Nesse momento, meu celular soou. Tornei a pedir licença e me afastei.

"Vou falar rápido, antes que a ligação caia", disse um Laurinho arfante. "Volto na semana que vem, mas não para Salvador. Vou direto para São Paulo. Minha mulher fica até o final do mês na Europa."

Fim do telefonema. Que notícia. Não sei se a ligação havia caído ou se a mulher a derrubara. Parecia ter gestos intempestivos.

Quando eu me aproximava da mesa, Hilda perguntou:

"O que está acontecendo, Vívian?"

"Laurinho está fora do país, ele e a mulher foram visitar o filho em Londres, e encontrou uma encomenda que fiz a ele. É um gentleman."

Hilda agradeceu o chá e disse que precisava ir embora.

"E sua prima, o que aconteceu com ela?"

"Também está namorando", ela respondeu sem gaguejar, virando as costas para mim e saindo pela porta.

Laurinho viria direto para São Paulo, enquanto sua mulher permaneceria em Londres. Por mim, ela poderia ficar lá até o fim dos tempos. Dela, naturalmente. Ainda bem que pelo menos na volta os dois viajariam em voos separados. Com a frieza que a caracterizava, Wanda seria capaz de congelar a turbina de um avião. Conheci um casal que preferia viajar separado, ele, num voo, ela e os filhos pequenos, em outro. A loucura se espalha pelos cinco continentes.

Onde Laurinho iria se hospedar? Certamente em um hotel. Próximo da minha casa? Se a mulher dele ia ficar até o final do mês na Europa, ele pretendia passar todo esse tempo em São Paulo? Eu o convidaria para vir a minha casa, claro. Seria melhor para um almoço ou para um jantar? Almoço, Vívian, almoço. E sem vinho.

Fui avisar as moças, já um tanto alvoroçada. Tudo que sai da rotina me deixa neste estado: alterada, e com placas vermelhas no peito. Convulsionada, digamos. Em chamas, melhor dizendo. Quando voltava da cozinha, me lembrei que Ozorinho ainda não dera notícias. Será que tinha acontecido alguma coisa? Não tenho estrutura para receber más notícias sobre meu filho. Comecei a me sentir mal e decidi ligar logo para o meu clínico. Depois de me ouvir pacientemente, ele perguntou se eu tinha chá em casa. Eu disse que havia acabado de tomar uma xícara com uma amiga. Ele recomendou que eu tomasse mais uma. Ou seja, concluiu que a coisa era de outra natureza: *neurose*. É o único que sabe distinguir uma queixa associada aos nervos. Uma sumidade.

Eu havia esquecido de perguntar a Hilda o que ela tinha dito às nossas amigas, para que nenhuma delas tivesse mais me ligado em Salvador. Era um esquecimento atrás do outro. Eu só não me esquecia de Laurinho... Dizem que quanto mais velhos ficamos, mais vamos nos lembrando de gatos remotos. *Fatos* remotos, meu Deus! Os atos falhos também vinham se sucedendo. Estava na hora de eu voltar ao meu sacro ofício. Escrever é sempre um treino para a memória, dizem. Eu havia mandado um conto meu para Laurinho ler, mas ele não devia ter tido tempo. Londres, o reencontro com o filho, conversas, passeios. Filho... filho... meu filho... Precisava pensar em outra coisa enquanto ele não estivesse em terra firme.

Um e-mail de Laurinho! Justo sobre o conto em que eu acabara de pensar...

Querida,

Você está criando um novo estilo de narrar, de fazer uma literatura muito pessoal, com personagens característicos, com uma linguagem e uma visão peculiares, e se valendo das possibilidades expressivas do idioma. É um conto de inegável inspiração "viviana" na raiz, os traços estilísticos são muito seus, corretos, com devaneios líricos, às vezes sensuais, incômodos, indagadores sobre o que pode haver de novo no ser humano. Gostei muito.

Beijos do seu Laurinho.

P.S.: Não deixe de ouvir Manfredo, *"Abertura", opus 115, de Robert Schumann. É uma espécie de poema sinfônico baseado em um poema dramático de Byron. E ouça também* Manfredo, *opus 58, de Tchaikóvski. É de um* páthos *que não se vê com tanta intensidade numa obra romântica. São duas peças preciosas com o mesmo tema. Estou certo de que saberá apreciá-las.*

Depois de ler o e-mail, pensei em tantas coisas que me ausentei por alguns momentos. Quando dei por mim, uma das moças de casa estava com meu celular na mão, dizendo que meu filho queria falar comigo.

"Viva!", exclamei, e peguei o celular da mão dela.

Atendi Ozorinho em lágrimas. Estava tão saudosa que preferi ouvi-lo em vez de falar. E ele se mostrava tão falante... Seriam os ares do Japão? Não, certamente tinha sido a chance que eu lhe dera para falar. E naquele instante prometi a mim mesma ser mais econômica em nossas comunicações. Só ouvi coisas boas. É um filho raro! Não sei como pus no mundo alguém tão capaz, cioso de seus deveres, responsável, inteligente, querido, muito querido... Agradeci a Conrado intimamente. Ao desligar, estava tão emocionada que não consegui fazer mais nada. Nem ouvir as peças que Laurinho recomendara.

Havia mais um e-mail dele. Dessa vez, curto. Para que eu não deixasse de ouvir Khatia Buniatishvili tocando Liszt, sobretudo a "Liebestraum" e o "Prélude et Fugue". Acabara de descobri-la.

"É uma revelação do mundo do piano!", assim ele terminava seu e-mail.

Eu não sabia como iria arranjar tempo para ouvir tudo que ele me recomendava, escrevendo um romance. Não sei ouvir música enquanto escrevo.

Fui dormir, depois de todos esses acontecimentos eu estava exausta, mas antes lembrei de uma cena e fui anotar no computador.

Eu devia ter uns catorze anos (pouca vida ainda) e dormia à tarde. Estudava de manhã e sentia sono depois do almoço. Nesse dia eu dormia profundamente quando senti que alguém me beijava. Abri os olhos devagar e Laurinho estava sentado na beira da minha cama, debruçado sobre mim, entrando pela minha boca. Todo o meu corpo estava naquele beijo que, aos poucos, foi se somando a outros, até escutarmos os passos de minha mãe subindo os degraus da escada. Não vi por onde Laurinho saiu, mas senti que entrara em mim para sempre.

Acordei e o celular estava tocando. Já passava das dez horas... Laurinho tinha dito quando chegaria? Não me lembrava.

"Alô? Regina? Há quanto tempo... Pois é, cheguei. Houve um contratempo lá em Salvador, não sei se Hilda lhe contou. Nunca imaginei que uma coisa dessas poderia acontecer. Pois aconteceu com as cinzas do Conrado! Mas vamos falar de coisas boas. Como você está? Ah, que bom que vocês voltaram a se entender. Sempre se gostaram tanto. Fico feliz com a notícia. Não, não é bem isso." (Hilda deu para inventar coisas.) "Vamos nos ver qualquer dia desses e então a gente conversa. Um beijo, querida."

Hilda havia espalhado que eu estava namorando. Isso é coisa que se faça? Ainda se diz amiga...

Bem, antes que acontecesse o que talvez os deuses quisessem que acontecesse, marquei uma consulta no ginecologista. Me sinto um pouco constrangida com o que passo a relatar, mas isto é vida. A minha vida.

Na sala de espera do meu ginecologista, duas jovens também aguardavam ser atendidas. Já havíamos trocado sorrisos. Para onde teriam ido as pessoas mais velhas? Eu não parava de repetir as mesmas coisas. Não faz mal, concluí, lembrando da frase de um escritor que dizia que é na repetição que encontramos nossos maiores prazeres.

Ouvi meu nome sendo chamado e a porta do consultório se abrir. Meu médico jamais aparece, suas pacientes são introduzidas na sala dele por uma das atendentes. São três. Após os cumprimentos, ele me fez as perguntas de praxe: se eu tinha alguma queixa, se já havia feito densitometria óssea e a mamografia do ano. Em seguida, pediu que eu passasse à sala de exames. Toda vez o mesmo ritual. Lá dentro, uma de suas atendentes me indicou o banheiro e pediu que eu tirasse toda a roupa e vestisse o avental com a abertura voltada para a frente. Ele lembra papel crepom. Ideal para as temperaturas frias dos consultórios... Esse tipo de avental foi feito para baixinhas, em mim parece roupa de criança. Depois do avental, foi a hora das sapatilhas, momento em que os pés experimentam o frio do piso. Pronta para o exame, fui conduzida para a balança. Em um fechar de olhos e tentando não ouvir o resultado — cantado em alto e bom som para que o médico escutasse de sua sala —, desci da balança. De nada adiantava saber meu peso, a não ser para me assustar mais. Vivo de grelhados e folhas. Talvez esteja engordando por causa da quantidade de remédios que tomo. Desse momento em diante, iniciou-se a tortura do gabinete do doutor Caligari. A atendente me ofereceu a ajuda de sua mão para que eu me acomodasse na cadeira de exame e pusesse as pernas, abertas, uma em cada suporte. Como sempre, pediu que eu descesse mais um pouco, até que os quadris ficassem bem na beirinha da cadeira. A sensação é sempre de queda. Nesse momento, pedi um lençol para cobrir o corpo até os joelhos, porque o resto precisava ficar à mostra para o exame do médico. Ouvi a porta se abrindo e ele entrou com seu sorriso decorado. Aproximando-se de mim, abriu o avental e, sem a menor cerimônia, começou a apalpar minhas mamas a seu bel-prazer. Tentando me distrair, perguntou se eu continuava escrevendo, o que estava escrevendo, se eu não me cansava, enquanto suas mãos bailavam em minhas mamas. Depois, mediu minha pressão, comentou que estava boa e depois se ateve à parte de baixo do corpo. Para a hora do exame de toque e da coleta. Seguiu-se o momento da tortura medieval, quando ele introduziu em mim um instrumento gélido cuja ponta lembra um ramo de urtigas e que foi me penetrando até o fundo — lá onde a vida começa — com seu movimento de rosquear. Por último, colheu o material de que precisava para o exame de laboratório. No fim, com o corpo e a mente abalados, voltei a me vestir e nos vimos frente a frente. Nesse dia em especial, eu disse que precisava conversar com ele. O médico interrompeu o movimento de sua caneta com um sorriso preso aos lábios.

"Pois não", disse ele. "Seu exame clínico está bom", acrescentou, louco para me despachar.

"Fico feliz em ouvir isso." Sorri. "Agora desejo falar sobre um assunto reservado, se bem que num consultório médico todos os assuntos são reservados, não é mesmo?"

Ele se limitou a balançar a cabeça. Uma secura...

"Pois é." Fiz uma pequena pausa para pegar embalo: "Estou em vias de ter um intercurso com um senhor. Um amigo de infância que voltei a encontrar e...".

"E qual a sua dúvida?", perguntou, me interrompendo; temia, talvez, que lhe contasse a história toda.

"Bem, preciso saber o que devo usar para facilitar a penetração." (Não encontrei uma palavra substituta.) "Mais importante ainda: gostaria de saber se a minha vida não corre perigo. Se não há risco de eu morrer no ato."

Ele esboçou um sorriso.

"A senhora pode usar o mesmo creme que vem usando para a reposição hormonal. Vaselina também ajuda."

Vaselina?

"E acho que a senhora não vai correr risco algum. De qualquer forma, sugiro que fale com o seu clínico ou com o seu cardiologista."

Levantou de súbito, esperando que eu fizesse o mesmo, pôs a mão no meu ombro e disse:

"*Allez!*"

"*Allez?*"

11.

"O celular estava desligado, Hilda. Fui ao ginecologista. Quando voltei a ligar, é que vi seus dois recados. O que você queria com tanta urgência? Sim, estive há pouco tempo, sim. E o que é que tem? Agora preciso prestar conta das minhas consultas? Por acaso você anda anotando minhas visitas ao médico?"

"Só preocupa-pa-ção", disse ela, demorando para pronunciar as palavras.

[...]

"Está bem. Um beijo."

Deve ter ficado sem graça, porque súbito disse que precisava desligar pois a estavam chamando. Queria saber de tudo o que se passava comigo. Bastava o que eu já tinha vivido na minha família e, depois, no casamento com Conrado. Que controle absurdo. Ia indicar meu ex-psicanalista para ela. Para uma pessoa de setenta anos, Vívian? Parecia a história do primo, que quis que a mãe dele fizesse análise com oitenta e cinco anos. Além do mais, à análise vai quem quer. Decidi não falar mais muita coisa sobre Laurinho com Hilda. Era o melhor a fazer.

Ela estava muito curiosa para saber da nossa história. Eu também estava, e provavelmente ele também. Era uma relação que só a nós dizia respeito e tínhamos que ir com cuidado, éramos dois senhores (velhos, não é, Vívian?); todas as idades pelas quais passamos nos deixam camadas e camadas de tempo. A velhice é isto: um acúmulo de tempo. Aliás, eu sentia que havia "caído" muito depois de ter voltado da Bahia. Lá me sentia tão jovem... Quando jovens, nos relacionamos de forma imatura, inconsequente, sem compromisso; mais tarde é outra história. Por mais que Laurinho e eu tivéssemos sido íntimos na infância, não podíamos emendar os tempos, assim como não podíamos desconsiderar tudo que tínhamos vivido depois de nós e que representara praticamente a vida de cada um com nossas famílias. Sem contar que ele ainda era casado, e não viúvo, como eu; tinha uma companheira. Talvez esse não fosse o termo mais adequado, Wanda parecia mais uma governanta, uma *hausfrau*, mas era a mulher com quem ele escolhera viver e a quem continuava escolhendo todos aqueles anos — outro complicador. Além disso, até então nada de palpável acontecera entre nós. Palpável. Bem, hora de ir para o computador.

Por que você está triste, Vívian?

Não estou triste.

Ah, está, minha filha.

Não estou, mãe.

Não ia contar pra mamãe que estava com saudades de Laurinho. Mas olha o que ela disse:

A mãe de Laurinho contou que ele foi para um acampamento. Tirou notas tão boas neste semestre que o pai e ela deixaram que ele fosse. Quem sabe você nos faz essa surpresa também? Já pensou como deve ser bom acampar com os amigos? Hein, minha filha?

Laurinho deve ter encontrado uma porção de garotas...

* * *

"Dona Vívian, seu Laurinho está na porta."

Me virei para a moça sem acreditar no que acabara de ouvir. Só faltaram as trombetas... Eu estava no andar de cima, terminando de me vestir. Na verdade, tentando colocar uma espécie de espartilho. Quanta dificuldade! Paralisei por instantes com a notícia, até levantar-me de supetão.

"Diga para ele entrar!", exclamei.

Subitamente, eu, Vivien Leigh, descia, esvoaçante, a escadaria de ... *E o vento levou*. Volta e meia deslizo para a fantasia. Para o meu luxo privado. Sentia-me jovem, e o corpo cooperava. Tenho todas as idades que me quiserem atribuir; como já passei por quase todas as idades, tenho todas elas. Na verdade, sou muito nova para qualquer uma delas. Como veem, acabo de desdizer tudo que disse anteriormente. Raras são as ocasiões em que coincido comigo. À medida que eu descia a escada, a fantasia foi se esboroando pela passadeira dos degraus. Cheguei lá embaixo arfante, descabelada e levemente desnorteada. Meus olhos depararam com Laurinho, aprumado como sempre, com um buquê de tulipas e um presente, que logo passou às minhas mãos.

"Meu amor, queria ter trazido rosas vermelhas para você."

Me atirei em seus braços, escutando a voz de minha mãe: "Vívian, não se jogue em cima das pessoas. Cumprimente guardando uma certa distância". Não guardei, mamãe. Não guardarei, mamãe. Não sou você, mamãe.

"Mais presente?...", eu disse, me sentindo ainda jovem, enquanto desembrulhava um pequeno pacote de CDs.

"Obrigada, querido!"

"Escolhê-los para você foi uma alegria do espírito e do sentimento, querida." Sorriu e continuou: "Achei que você gostaria de ouvir canções francesas, Léo Ferré, Jean Ferrat, Georges Brassens", ele dizia, apontando os CDs, "Catherine Sauvage...".

Perguntou se eu conhecia Catherine Sauvage. Antes de eu responder, disse que eu procurasse escutá-la em "Vingt Ans". Pensei ter ouvido isso, porque nesse momento meu celular, que eu acabara de deixar na mesinha ao descer, tocou, e vi o nome de Ozorinho nele. Lançando um olhar aflito para Laurinho, me desculpei, dizendo que precisava atender meu filho.

"Fique à vontade, querida", disse, afastando-se alguns passos.

Sempre discreto.

"Oi, meu querido! Chegou? Que saudades. Como está aí no Japão? Já se refez da viagem? Tem pessoas que só se recuperam depois de semanas. Parece que é um voo devastador. Uma amiga jamais se recuperou. Até hoje não sabe onde está. Desculpe sua mãe estar falando essas coisas... Mas está tudo bem com você, meu filho? Você já tinha ligado? Pois é, desliguei o celular. Estava no médico."

Laurinho, que observava os quadros, voltou-se para mim com ar de preocupação. Sorri para ele, que se virou para os quadros de novo.

"Não, está tudo bem comigo, filho. Exame de rotina, nada de mais. Estranha? Não..."

Ozorinho me achou estranha. Impressionante como os filhos nos conhecem.

"Depois conversamos com calma, estou com visita aqui em casa. Você não conhece. É um amigo de infância, acho que já te falei dele, não falei? Ajude sua mãe, ando tão esquecida... Também não lembra? Está bem. Você me telefona de novo? Nos falamos em outra hora, então. Um beijo, querido."

"Seu filho", afirmou Laurinho.

"É, está no Japão."

"A trabalho?"

Salva por outra chamada, porque não pretendia falar sobre os japoneses. Laurinho voltou a se distrair com os quadros e com os objetos em volta.

"Alô? Oi, Marisa!"

Ele se voltou para mim, sorrindo carinhosamente. Deve ter concluído que eu passava os dias no telefone. Em parte era verdade. Conrado já teria fechado a cara, entrado no escritório e trancado a porta.

"Pois é, voltei. No momento estou com visita em casa. Posso te ligar mais tarde? Está bem, querida. Nos falamos depois. Um beijo."

"Desculpe tantos telefonemas, querido. Pronto, desliguei o celular, assim podemos conversar à vontade. Gostaria de me acompanhar em um chá?"

Ele hesitou, achei que preferia outra bebida; fingi não ter percebido. Aprendi essa estratégia com minha avó, que só escutava o que lhe convinha e jamais teve bebida em casa, nem em dias de festa.

"Com prazer", respondeu.

"Vou pedir para as moças e volto já. Fique à vontade."

Não demorei; quando voltei, encontrei Hilda e Laurinho, sentados, conversando. Hilda?! Como eu não tinha percebido a sua chegada? Então lembrei que, quando eu estava na cozinha, uma das moças havia passado rápido por mim em direção à sala. Escutara a campainha. Minha audição já devia estar sofrendo uma considerável diminuição. Uma perda por dia. Mais uma consulta pela frente. Há algum tempo venho colecionando especialistas. Como dá trabalho ser velho, principalmente quando ainda se pretende alguma juventude... Hilda intuiu que Laurinho ia chegar?

"Que surpresa, você aqui, Hilda. Hoje é o dia das surpresas."

Ela deu um risinho. Por que o riso? Continuei:

"Laurinho, e agora você..."

Hilda me olhou com o canto do olho. Laurinho não sabia o que se passava, tampouco eu. A velha Hilda mexendo no seu caldeirão. Mulher tece ardis. Era o que ela fazia naquele momento.

"Vou pedir que a moça ponha mais uma xícara na mesa."

Eu ia me levantando quando Hilda disse:

"Espere, Vívian, não há pressa."

O que estaria prestes a acontecer na minha casa que eu não tinha conhecimento? Nesse instante, a campainha tocou e, nem bem abri a porta, Cristina entrou me abraçando e perguntando se Hilda havia chegado.

Hilda preparara uma surpresa! Há poucos dias em São Paulo e quantas surpresas, quanto carinho. Mas logo naquele dia? Bem, ela não podia imaginar que Laurinho estaria comigo. Nem eu. Concluí que vinha sendo muito dura com Hilda. Impaciente também. Recriminei-me pelo modo como a estava tratando. Não era assim que se tratava uma amiga querida. Precisava mudar de atitude, urgentemente.

Ao cumprimentar Hilda, Cristina deparou com Laurinho.

"Não sabia que você estava com visita", disse.

Apresentei os dois. Enquanto se cumprimentavam, me aproximei do ouvido de Hilda com o qual ela escuta melhor e perguntei se havia convidado alguém mais. Obviamente tinha sido ela a promover aquela surpresa.

"Suas amigas ficaram de vir, Vívian", ela respondeu.

Em seguida, pediu licença, dizendo que ia lavar as mãos. Escapuliu.

A campainha voltou a tocar, e Inês, Jô e Cecília chegaram juntas. Deviam ter vindo no mesmo táxi.

"Você tem muitas amigas, Vívian...", sussurrou Laurinho, próximo a mim.

"Que pelo visto decidiram me fazer uma surpresa de boas-vindas", sussurrei de volta.

Elas se cumprimentavam ruidosamente; não ouviram o que dissemos. Após os cumprimentos, os olhares se voltaram para Laurinho. Chegara o momento das apresentações.

"Esse é Laurinho, um querido amigo de infância que tive a alegria de reencontrar depois de tantos anos. Morávamos na mesma rua e brincávamos sempre juntos, imaginem..."

Nesse instante, o celular dele tocou, interrompendo a apresentação. Assim que Laurinho viu o nome Wanda, e com certeza era ela, pediu licença e foi atender na varanda.

"É o novo pretendente?", perguntou Cristina, ao vê-lo se afastar.

Eu já me preparava para uma resposta, quando precisei atender à campainha. Ana, minha amiga astróloga, havia chegado, e já entrou lendo as minhas previsões para o dia:

"Bem sensível ao humor do outro, é assim que você se encontra neste dia. Pode fazer planos com ele. Desculpe, Vívian, mas é o que os astros estão dizendo."

Pedia desculpas por estar dizendo aquilo em minha plena viuvez. Mas continuou:

"Você vai se sentir envolvida por uma energia mental tão elevada que terá dificuldade em se conectar com coi..."

Ana emudeceu quando viu Laurinho entrar na sala. Ele devia ter escutado todos os trajetos londrinos de sua mulher. Ela, olhos esbugalhados, continuava sem pronunciar uma palavra. As outras abriram um sorrisinho nos lábios. Nesse instante, pedi licença e fui à cozinha tomar algumas providências. Lá, as moças também se encontravam agitadas. Como um único homem podia provocar tanto rebuliço? Laurinho, com seus setenta e poucos anos, continuava insinuante e atraente. Ao notarem minha presença, as moças disseram que eu não me preocupasse, porque minhas amigas haviam trazido o lanche. Pediram que fosse servido às cinco em ponto.

"A *las cinco de la tarde...*" A poesia que meu pai dizia voltava. Depois de ter visto expostos na bancada da cozinha tortas, bolos, queijos, potes variados de geleia, voltei à sala. Tão bonita a recepção que me faziam, só não contavam em me encontrar acompanhada.

Às cinco em ponto fomos para a mesa. Perguntei se gostariam de ouvir uma poesia que meu pai recitava. Era do poeta Federico García Lorca.

"É a-a-aquela da Bahia?", perguntou Hilda.

"Não, Hilda. Aquela era de um amigo do meu pai, Martins d'Alvarez, lembra?"

Ela suspirou fundo.

"Vívian não se cura da poesia...", comentou Cristina.

"Ela é a minha cura, Cristina", respondi.

Laurinho ouvia tudo com um sorriso nos lábios. Levantei para recitar um trecho da poesia. De repente, lembrei que o tema era triste, não convinha, totalmente inapropriado para uma ocasião festiva. Volta e meia faço essas coisas, mas daquela vez percebi a tempo, e sem ajuda. Antigamente Conrado me chamava a atenção. O marido correto, reto, concreto.

"Desculpem, mas desisti. É um poema triste, não combina com o momento que estamos vivendo. Se eu me lembrar de outro mais adequado, recito. Já que estão todos acomodados, quero aproveitar para agradecer a surpresa que vocês me prepararam, e fazer um agradecimento especial a Hilda, a promotora desse encontro. Faz muito tempo que não vivo um momento tão bonito, sem contar a surpresa da visita do meu querido e velho amigo Laurinho. É um prazer e uma alegria ter todos vocês aqui comigo. Obrigada, queridos, por terem vindo."

Laurinho sorria para mim.

"E agora um viva a todos nós e à nossa amizade! Viva!"

Todos me acompanharam em uníssono.

"Ao champanhe!", disse Cristina.

Em seguida, uma das moças apareceu com a garrafa e o saca-rolhas e os entregou a Cristina.

"Temos um cavalheiro entre nós!", disse ela, passando a garrafa para as mãos de Laurinho.

Ele a abriu, fazendo a rolha espocar em uma das janelas da sala. Em seguida, encheu as taças e ergueu um brinde. Lançando-me um olhar especial (logo mais explico o que é "olhar especial"), agradeceu pela oportunidade de conhecer as amigas de sua querida amiga e, assim dizendo, fez tim-tim com sua taça na minha. Voltamos a nos sentar. Daí em diante, as lembranças são esparsas, difusas e borbulhantes. Mas me recordo que de um momento para outro surgiu o assunto "família moderna". Todas discutiram, animadas, até começarem a divergir, alteando a voz, completamente alteradas. Riam sem parar. Volta e meia Laurinho e eu nos olhávamos, cúmplices. Confesso que meus olhos viravam com dificuldade na direção dos dele. O champanhe, naturalmente. De repente, resolvi intervir na conversa.

"Não tenho uma opinião definitiva sobre isso, mas tenho lido o suficiente a respeito do assunto nos jornais, e acho que não é uma situação tranquila."

Dito isso, me calei, porque a verdade era que não me lembrava mais do que estavam discutindo.

Nesse instante, mais uma garrafa de champanhe chegou, trazida por uma das moças de casa. Laurinho repetiu o movimento de brindar. Eu já começava a me preocupar com o rumo daquela comemoração, quando, sem quase me dar conta, minhas amigas decidiram ir embora todas juntas. E lá se foram elas, rindo, se esbarrando, cochichando entre si — parecendo os anões da Branca de Neve, me lembro de ter pensado; um pensamento que já devia ser efeito do champanhe —, certamente sobre nós dois, Laurinho e eu. A casa silenciou. Nesse momento percebi que estávamos de mãos dadas. Como tínhamos nos unido? Quem teria tomado a iniciativa? Eu?

Sentia uma alegria mansa, misteriosa, indecifrável. Mãos que se entrelaçam. Nunca havia pensado nisto, em como é generoso o gesto de dar as mãos para o outro, enquanto recebemos as dele. A mútua acolhida. Raras vezes aconteceu na minha vida entrelaçar as mãos com Conrado. Nem em casa nem na rua, onde andávamos de braço dado. A causa pode ter sido os poderosos nós dos dedos dele, que me machucavam. Talvez. Esqueça Conrado, Vívian!

Depois que fechei a porta de casa, nos encaminhamos para o sofá e ali nos sentamos. Laurinho retirou do bolso dois CDs e disse que gostaria que os escutássemos juntos. Era a Sinfonia número 4 de Schubert, regida por maestros distintos; ele queria que eu atentasse para a diferença das execuções.

"É uma sinfonia encharcada de Beethoven", disse, levantando-se e caminhando em direção ao meu aparelho de som.

"São duas versões antípodas: uma acelerada, sobretudo nos *tempi*, no *allegro vivace* e no andante, regida por Rafael Kubelik, e outra contemplativa, sombria, grave, conduzida pelo maestro Carlo Maria Giulini", explicou, enquanto punha para tocar o primeiro CD. "O primeiro acorde é beethoveniano. É uma obra sombria, grave, mas que não chega a ser trágica. Uma música marcada pela vitalidade e pelo espírito romântico."

Assim que ouvimos o primeiro acorde, ele foi sentar-se ao meu lado. A essa altura, boa parte dos meus vapores etílicos já haviam se dispersado. Felizmente dessa vez eu havia bebido pouco. Não gosto de me sentir tonta; esse já é o meu estado habitual, não preciso acrescentar mais uma gota. Pensei em pedir licença e ir escovar os dentes, mas não quis interromper a audição. O clima do momento não dava lugar para gestos banais como esse.

Laurinho tornara-se um verdadeiro erudito. Pensando bem, a música tem o poder de nos organizar. Que função importante ela deve ter cumprido em sua vida, apesar de ele sempre ter sido um menino disciplinado. Um exemplo a ser seguido, diziam meus pais sobre ele. Acho que só ao meu lado Laurinho se permitiu ser um menino.

"Veja como esse primeiro maestro faz a orquestra desabar; já o outro, que você vai ouvir depois, tem o controle dela", disse, passando o braço sobre meu ombro e se aconchegando ao meu lado. "Ouça a elegância do *allegro vivace*..."

Depois desse breve comentário, escutamos a sinfonia em silêncio. Nos primeiros acordes, Beethoven brandiu sua monumental presença. Ao terminar, exclamei:

"Que beleza!"

E de fato era belíssima. Momentos de sublime alegria. O amor revelava sua face divina. Todos nós precisamos encontrar um lugar no afeto do outro. Querer mais é perder isso e ser infeliz, como diz o poeta. Conrado... Não, recuso-me a comentar sobre Conrado agora. Toda vez isso... Viver é dar paz ao passado, Vívian!

"Vamos ouvir o outro, Vívian. Perceba a diferença", disse, voltando ao aparelho para trocar o CD.

Readquiríamos aos poucos nossa antiga intimidade. Não a intimidade alvoroçada que tivemos em Salvador. Sequiosos como estávamos, nos lançamos intempestivamente nos braços um do outro. Essa que se renovava vinha matizada pelo tempo. Paz, alegria e delicadeza alcançadas. Meu querido Laurinho voltava.

E assim ficamos, abraçados, ouvindo música, até virem nos avisar que o jantar seria servido.

Ah, sim, o olhar especial. Olhar especial é um olhar úmido, sedoso, quente, que contém uma promessa.

12.

Laurinho voltou, disse mamãe, com a cabeça na porta do meu quarto.

Pulei da cama, saí correndo e desci as escadas desabalada.

Desse jeito você vai cair, Vívian!…, mamãe ainda disse enquanto eu sumia pela porta da frente.

Laurinho e eu nos reencontramos no meio da rua. No nosso quarteirão mágico. No choque da felicidade, fiquei parada à sua frente, arfando; era ele mesmo, mais alto e queimado de sol. Meu príncipe estava crescendo. Os caracóis brilhavam em seus cabelos. Apenas nossos olhos se movimentavam. Depois daquele beijo, havíamos ficado sem graça um com o outro. A espontaneidade ficara para trás, nas brincadeiras… Num impulso, ele esticou uma das mãos fechada na minha direção.

Toma, disse sem mostrar o que era. Eu trouxe pra você. Fecha os olhos e abre a mão.

O que é?, perguntei, enquanto ele punha alguma coisa na minha mão.

Pode abrir os olhos.

Uma concha... linda, meio rosinha.

Sorri. Queria dar um beijo nele, mas tive vergonha.

Põe no ouvido.

Pra quê?

Pra escutar.

Aproximei a concha da orelha, e ele veio encaixá-la melhor.

Barulho de mar!, exclamei.

Ele sorriu.

Você também foi viajar, Vivi?

Fui ao cinema.

Vamos jogar cartas hoje de tarde? Aprendi uma porção de jogos.

Vamos!

Tudo que Laurinho quisesse eu também iria querer, mesmo que fosse... que fosse aquilo.

Laurinho hospedara-se em um hotel próximo à minha casa. Viera a São Paulo para passar uma semana comigo. Unicamente com esse intuito. Desejava, nesse curto período de tempo, satisfazer todos os meus desejos. Logo, as escolhas do que iríamos fazer seriam minhas. Não mediria esforços para me agradar, disse. À medida que ele falava, eu sentia meu coração falhar em algumas batidas. Minha avó diria que isso é sofrer romanticamente. De quantas falas sou feita? De muitas. Das de minha avó, com certeza. As falas de minha mãe foram poucas e quase sempre informativas. Já meu pai exagerava. Digo tudo isso porque essas falas se intensificaram dentro de mim com a chegada de Laurinho. Ele movimentava minha alma. Estávamos próximos do acontecimento. No horizonte, o desnudamento de corpos e almas. A estreiteza do contato. A vida jorrando muda e viva. Logo se iniciaram os temores: como minha coluna se comportaria? O momento, ou melhor, o ato, exigia deslocamento, mobilidade, agilidade, e eu não estava contando com nenhuma proeza minha, tampouco dele. Será que eu iria conseguir me movimentar com relativa desenvoltura? E se a minha coluna emperrasse? Volta e meia acontecia isso. E o coração dele suportaria o esforço? Já me referi aqui à história de um amigo idoso da nossa família, que se envolveu com uma jovem e que, no momento do clímax, dizem, sofreu um ataque cardíaco. Depois eu soube que é um acontecimento relativamente comum. Vários homens morrem assim, como em uma derradeira tentativa de alcançar o prazer. Laurinho e eu passaríamos por tal dissabor? Talvez fosse melhor não nos aventurarmos; continuarmos nossa aventura, sim, mas de sensibilidades. Também é uma linda troca, além de não conter ameaças. Resolvi alertá-lo para o perigo que corríamos. Ele certamente teria algo a dizer sobre o assunto em pauta, que, até então, tinha sido musical; talvez conviesse nos atermos a ela.

Com a aventura que me aguardava, quase me esqueci de telefonar para Marisa. Decidi fazer isso naquele instante. Na véspera, quando nos falamos, eu disse que ligaria mais tarde, mas os acontecimentos foram se sucedendo e acabei por esquecer. Laurinho iria me telefonar dali a pouco para um brunch em um bistrô que já havíamos escolhido. Combináramos tudo no dia anterior, no momento em que ele foi embora de minha casa. Aliás, eu havia me esquecido de avisar as moças sobre o brunch. Quando eu ia começar a digitar o número de Marisa no telefone fixo de casa, ele tocou.

"Bom dia, Hilda." (Sempre ela.) "Que surpresa bonita você me fez ontem! Fiquei muito feliz. Hoje? Hoje vou almoçar fora. Não escutei. O quê? Ah, sim. Vamos deixar para a semana que vem?" (Ela queria levar a tal prima romena para que eu conhecesse.) "Sim, ainda está aqui." (Hilda não abandonava seu posto de controle.) "Vou, vou com ele, sim." (As perguntas continuavam.) "Mais tarde nos falamos." Ela respondeu que esperaria o meu telefonema. Sei como ela se agarra às promessas... "Um beijo, querida." (Deve ter estranhado o "querida", e eu também estranhei tê-lo pronunciado.)

Sem dúvida Hilda vinha lembrando minha mãe, em seus piores momentos, com atitudes muito semelhantes; sei que já falei disso, mas ainda hoje fico impressionada. O momento, porém, não era de reflexões. Depois eu pensaria a esse respeito. Naquele momento, eu precisava era telefonar para Marisa. No entanto, meu celular tocou e fui atendê-lo.

"Bom dia, querido! Já acordou? Tomou o café e seus remédios? Então me dê um tempinho. Marcamos para mais tarde, não?" (Ele disse estar saudoso.) "Está bem, vou acelerar as coisas por aqui. Até já. Um beijo."

E eu ainda não tinha tomado nem um cafezinho... Uma das moças de casa pareceu ter escutado, pois logo depois surgiu trazendo em uma bandeja um copo de suco de laranja, café e um copinho com meus remédios (dois para pressão alta, sendo um deles diurético, e dois para evitar os efeitos da hérnia de hiato; hérnia de hiato sempre me parece um problema gramatical); aproveitei para avisá-la de que almoçaria fora. Quando minha hérnia de hiato foi descoberta, meu médico, que talvez seja a pessoa que conheço que mais teme doenças, me alertou para que eu levantasse a cabeceira da cama — seria fácil arranjar um marceneiro para o serviço, ele disse —, usasse travesseiros altos e fizesse a última refeição do dia duas horas antes de ir me deitar. Do contrário, me arriscaria a morrer sufocada. Assim é o meu clínico; me assusta em quase todas as consultas, que, à medida que o tempo passa, ou que passamos no tempo, melhor dizendo, têm sido frequentes. Enquanto eu pensava nessas coisas e tomava meu café, lembrei que não podia me esquecer de ligar para Marisa logo que terminasse. A moça voltou, querendo saber se já podia levar a bandeja. A fisionomia dela estava diferente. Devia ter se desentendido com o namorado. Muito comum. Ela aguardava minha resposta.

"Sim, pode levar. Já terminei."

"Happy está triste, dona Vívian. Acho que ele está doente", disse ela.

Acho que já falei de Happy. Ele era o pointer de Ozorinho. Nem sei quantos cachorros meu filho já teve. Happy estava muito velhinho, e foi o melhor de todos, não houve outro igual. Não rosnava para ninguém, jamais avançou em quem quer que fosse e latia apenas de vez em quando, ou seja, o cachorro ideal. E meu filho o adorava (adora bicho; nem sei como está vivendo em Paris sem um animal de estimação). Assim como eu e as moças aqui de casa, que o tratavam bem e com carinho. Já Conrado não gostava de animais, virava bicho cada vez que deparava com um aqui em casa. Em virtude disso, Happy viveu afastado de nós, confinado aos fundos da casa. Só o soltávamos à noite, quando tentava latir bastante para vigiar a casa, fazer jus à ração. Eu estava dando tão pouca atenção a ele... Era a correria dos últimos dias. E também o amor, muito absorvente.

A moça me aguardava.

"Como você sabe?", perguntei.

"Ele não quer comer."

"Vamos até lá."

Saí andando atrás dela.

Assim que Happy me viu, tentou se erguer para vir até mim, como sempre fazia, mas não teve forças. Seu rabo estava virado para baixo. Estava mal mesmo. Qual seria a reação de Ozorinho quando soubesse? Aliás, ele não tinha voltado a ligar. Estava com tantas saudades dele! A maior parte dos meus neurônios era dedicada a ele. Os sãos, porque os outros se desativaram espontaneamente. Fiz um carinho em Happy e fui, às pressas, ligar para a clínica veterinária.

Quem atendeu foi o próprio dono, que me conhecia há longos anos. Expliquei-lhe a situação e ele disse que iria mandar um dos veterinários à minha casa. Agradeci e desliguei.

Fui correndo me vestir, pois logo Laurinho chegaria. Diante dessa urgência súbita, me aprontei depressa. Quando desci, a moça disse que o rapaz da clínica queria falar comigo.

"Ele já está examinando o Happy?", perguntei, enquanto seguíamos para os fundos da casa.

"Acho que sim; está lá, apertando a barriga dele."

Ao me aproximar, vi o rapaz agachado. Levantou-se ao me ver e disse que teria de levar o cachorro para a clínica para alguns exames, pois não sabia do que se tratava. Perguntou se poderia levá-lo. Respondi que sim e em seguida ele o pegou no colo (forte, o moço), dizendo que ele ia ficar bom. Na passagem, fiz um carinho na cabeça do Happy e pedi ao rapaz que avisasse na clínica que eu passaria lá mais tarde.

Mal eu tinha voltado para dentro de casa, a campainha da frente e o meu celular tocaram ao mesmo tempo. Enquanto atendia Marisa, fui abrir a porta para Laurinho. Só podia ser ele. De fato era, e mais uma vez com um tufo de flores na mão.

Falei com Marisa tentando ser o mais breve possível. Ela comentou que eu estava estranha e perguntou se havia acontecido alguma coisa. Inventei uma meia verdade. Disse que ainda não ligara para ela porque o nosso cachorro tinha ficado doente e eu estivera às voltas com ele, tomando providências. Marisa comentou que não sabia que tínhamos um cachorro. Contei que era do meu filho, de fato poucos de nossos amigos conheciam Happy. Para não alongar o telefonema — Laurinho aguardava com as flores na mão —, prometi a Marisa que, quando as coisas se acalmassem, eu telefonaria sem falta para que pudéssemos conversar com tranquilidade. Pedi desculpas, mandei-lhe um beijo e desliguei. Ufa.

“Seu cachorro está doente?”, perguntou Laurinho. “Vamos torcer para que não seja nada de mais”, disse, me dando um beijo e me estendendo as flores.

“Obrigada, querido. Que bom que você chegou! Estou muito confusa com o que está acontecendo…”

Saímos rápido de casa para o nosso brunch, conversando. Quer dizer, eu falando e Laurinho me escutando.

No meio da nossa refeição meu celular tocou; era o veterinário pedindo autorização para operar o cachorro.

“Por que vão operá-lo?”, perguntei, já angustiada.

Ele disse que se tratava de uma cirurgia de emergência e me deu uma longa explicação que entendi apenas pela metade. Tenho dificuldade de escutar quando falam sobre doenças. Adquiro uma surdez imediata. Sou assim desde pequena. Uma vez um médico disse que eu talvez precisasse ser operada e caí pra trás. Tergiversei, como dizia meu finado marido. Eu precisava parar de invocá-lo a todo momento. Os mortos precisam de paz. Os vivos também.

“O que ele disse?”, perguntou Laurinho, preocupado, assim que desliguei.

“Que vão operá-lo, tentar salvá-lo, o resto não lembro.”

O olhar de preocupação de Laurinho fixou-se em mim.

Assim que acabamos de comer, eu lhe disse que queria ir à clínica, para esperar lá o fim da cirurgia.

“Vamos, sim, querida, vamos…”

Fez sinal para que o garçom nos trouxesse a conta.

Lembro da luminosidade dessa tarde, nós dois caminhando às tontas, à procura de um táxi. Laurinho ficava totalmente perdido em São Paulo. Quando chegamos à clínica veterinária, me dirigi à recepcionista e me apresentei como a dona de Happy, pedindo notícias dele. A moça disse que ele ainda estava sendo operado. Eu informei que iríamos esperar e pedi que nos desse notícias assim que a cirurgia terminasse. Nos sentamos na sala de espera vazia, gelada e com luz fria. Não lembro quanto tempo se passou. Depois de folhear as revistas disponíveis, Laurinho dava sinais de cansaço. Tentava disfarçar que bocejava. Impossível ocultar um bocejo, um soluço, um espirro, como também outras manifestações menos nobres do corpo. Coitado, devia estar habituado a dormir cedo. Teriam sido aqueles arroubos de Salvador os primeiros e os únicos? Era possível. O elã pode acabar com uma rapidez extraordinária. Ainda mais na situação em que nos encontrávamos. Parecíamos um velho casal, aguardando notícias de seu animal de estimação. Em parte era verdade. Nesse momento, um homem que eu achei que fosse o veterinário surgiu na sala de espera perguntando se éramos os donos do Happy. Para simplificar, eu disse que sim e então ele se apresentou como o cirurgião que havia operado o nosso cachorro. Em seguida:

"Lamento, mas ele não resistiu à cirurgia."

"O Happy morreu?... O que eu vou dizer para o meu filho!?"

Me descontrolei, me sentindo culpada pelo abandono do cão. Há tanto tempo não ia vê-lo, mal ouvia falar nele, Laurinho passava a mão na minha cabeça, tentando me consolar. O veterinário aguardava. Perguntei, enxugando as lágrimas, se a clínica se encarregaria de enterrá-lo. Respondeu que dispunham de um serviço para isso. Laurinho se adiantou e pagou tudo. Na hora pensei que não poderia me esquecer de ressarci-lo na volta. Antes de sairmos, indaguei ao médico, que ainda estava conosco, se eu podia me despedir de Happy.

Cachorro é o nosso coração latindo.

Enquanto saíamos da clínica, lembrei de nós dois, Laurinho e eu, crianças, vendo um gatinho morto na rua.

* * *

O que aconteceu com ele, Laurinho?

O caminhão-pipa matou.

Por que o caminhão matou ele?

Porque ele quis.

Chorei baixinho para ele não ver, mas Laurinho viu.

Por que você tá chorando?

Tô com pena do gatinho...

Ele me mostrou uma bola de gude grande e colorida que estava em seu bolso. Linda.

Pensei em anotar essa cena assim que chegasse em casa, para depois não me esquecer dela, como acontecera com tantas outras que vieram e se foram para nunca mais.

Dei o braço a Laurinho e ficamos à espera de um táxi. Entramos no primeiro que passou e logo nos vimos presos em um engarrafamento. São Paulo. Assim que o trânsito começou a andar, o motorista disse que precisaria fazer um desvio. Ao longe vi fogo se alastrando por um dos morros; quando fui comentar com Laurinho sobre o incêndio, notei que ele cabeceava. Exausto, coitado; e eu, esgotada.

"Está cansado, não é, querido?", eu comentei, acarinhando de leve seu braço. "Tivemos um dia pesado mesmo."

"Nada que uma noite de sono não refaça. Você é que deve estar muito mais cansada, Vivi."

"Estou, sim. Não sei ainda como contar ao meu filho sobre Happy. Ele gostava tanto do cachorro. Estamos indo para a minha casa, não é?"

"Sim, dei o seu endereço, mas não pretendo saltar, querida, você precisa descansar. Quanto a contar para o seu filho, Vívian, os mais jovens lidam com isso de maneira diferente, fique tranquila. A vida está sempre à espera deles."

Quando o táxi parou em frente à minha casa, Laurinho desceu para me acompanhar até o portão, me deu um beijo e disse:

"Amanhã, quando eu acordar, te ligo."

"Está bem. Até amanhã."

Já em meu quarto, pensei que, se durante a estada de Laurinho aqui em São Paulo voltasse a acontecer algo exaustivo como o de hoje, ele seria capaz de tomar um avião e ir descansar na Bahia. E, pensando nele, me lembrei que seu celular não tocara uma única vez. Talvez o tivesse desligado. Em Salvador eu reparara que não só Wanda telefonava para ele — deixando-o atento permanentemente ao aparelho —, como Laurinho também fazia o mesmo com ela. Não se davam folga. Controle mútuo. Como se estivesse a nosso alcance controlar o que quer que fosse... Queiramos ou não, o outro nos escapa, sempre. Depois voltei o pensamento para o que me preocupava naqueles dias. Eu não sabia como íamos fazer para nos amar, nossa idade não ajudava; pelo contrário, atrapalhava bastante, quando não impedia. Enquanto não conversasse sobre isso com ele, eu não iria sossegar.

Naquele dia, mais uma vez, eu havia me excedido no sofrimento. Sei quando a minha reação ultrapassa o normal; na verdade, raras são as vezes em que meu sofrimento é compatível com o acontecimento que causa a dor. Sempre desmedido. Já estava com toda aquela idade e nada de o sofrimento esmorecer...

Enquanto eu trocava de roupa, pensava em ainda escrever um pouco antes de dormir, achava que me ajudaria a relaxar, quando o celular tocou. Havia esquecido de desligá-lo. Lembrei que poderia ser meu filho. Me apressei em atender.

"Oi, Hilda." (A que não me dá descanso.) "Não, tudo bem. Diga. Quem? Ah, sim. A sua parenta. Está bem. Então venham tomar um cafezinho amanhã à tarde. Um beijo. Até amanhã."

Cedi. Quando eu fazia análise, e lá se vão longos anos, o analista dizia que eu não devia ceder do meu desejo. Levei algum tempo para alcançar o que ele queria dizer com aquela frase. É o que os analistas fazem o tempo todo: lançam enigmas e esperam que os decifremos. Por isso tanto silêncio de parte a parte. A análise tem momentos incompreensíveis. O fato foi que eu havia acabado de ceder. A tal Sofia Raluca, a prima de Hilda, voltaria para a Romênia dali a dois dias e, segundo Hilda, não gostaria de ir embora sem me conhecer. Mais uma tarde perdida. Mais um desejo meu não atendido. O que Laurinho iria achar dessa visita inesperada? Inesperada, claro.

Era o dia da minha festa de quinze anos. Cedo eu havia tirado fotografias sentada no chão da varanda com o vestido longo esparramado à minha volta, imitando uma artista de cinema que vira numa fotografia. Quem mesmo? Eu era fã de todas... Meu vestido de lese branca perolada fora todo bordado pela minha avó. Sempre gostei de branco, desde menina, quando achava que iria me casar com Laurinho a qualquer momento. Convidei as amigas do colégio e os rapazes que conhecia para a festa. Os adultos se refugiaram em um dos cantos da casa, enquanto nós, jovens, nos espalhamos. Um dos rapazes ficou responsável pela música. Assim que o primeiro disco começou a tocar, alguns se animaram. Corria um vento leve entre as folhagens da bancada da varanda. A todo momento me tiravam para dançar. Em uma das vezes que rodei, vi Laurinho! Seu olhar me esperava. Mantivemos os olhos fixos um no outro por instantes. A partir de então, nossos olhares se encontravam e se desencontravam em meio ao movimento. Ele também se vestira de branco (a exaltação do branco) e... viera acompanhado?! A moça que estava com ele era sua namorada? Só não morri naquele momento porque as pessoas iam ficar chatea-

das de eu acabar com a festa. Mamãe, então... Fiz força para não olhar mais para onde os dois estavam. Billy Eckstine começou a cantar "I Apologize". Meus olhos não se continham, só queriam procurar por Laurinho. Tantos rostos... E o dele, onde estava? Desaparecera. Não o vi mais. Meu coração quis partir com o dele, mas eu disse: Quieto! Não é hora de mostrar-se incompleto.

Eu teria perdido Laurinho por toda a vida, não fosse nosso encontro inesperado em Salvador. O acontecimento nos espera — sempre.

13.

Acordei, tomei café, e nada de Laurinho me telefonar. Uma quietude assombrosa. Será que ele estava bem? Na nossa idade, muitas são as coisas que podem nos acontecer. Males súbitos, por exemplo: uma síncope, uma queda — se bem que os homens são menos propensos a esta última, por não sofrerem da osteoporose avassaladora que nos acomete —, proctonevralgia (dor espasmódica que tem levado muitos idosos ao hospital), os imprevistos são inúmeros. Sem contar o pior deles, a parada cardíaca, que atinge mais os homens. E, se Laurinho tivesse uma parada cardíaca, não havia vivalma no quarto que lhe socasse o coração. O melhor que eu tinha a fazer era telefonar. Tenho horror a coisas dessa natureza, a esse silêncio inquietante. A ligação caiu direto na caixa postal de Laurinho. Eu achei que fosse desfalecer, mas nesse momento meu celular tocou, felizmente!

"Meu filho! Nem sei o que te dizer, Ozorinho. Qualquer dia desses você não me encontra viva, tenha a certeza. Gostaria de saber se nunca mais vou te ver. Claro que deixo você falar. O quê, Carlos Ozório? Casar no Japão? É para ninguém ir? E eu, sua mãe, não vou assistir? Entendi que vai ser uma cerimônia íntima, mais uma razão para eu estar presente, não é mesmo? Hein? Eu ouvi. Ainda estou escutando razoavelmente. Está bem. Quer dizer, bem não está, mas o que é que eu posso dizer? Só me resta concordar. O meu único filho vai se casar, e eu não vou assistir ao casamento dele. Essa é que é a verdade dos fatos. Dos, não. *Do* fato. No máximo vou ver as fotos no computador. Que o seu casamento seja feliz, meu filho, é o que eu desejo a você." (Não sei se existe casamento feliz. Existem casamentos. De onde saiu essa necessidade de ser feliz?...) "Estou aqui, sim. Estava pensando nas coisas que acontecem na vida. Ou que não acontecem, melhor dizendo. Bem, não quero que você seja um noivo infeliz só porque sua mãe está a milhas de distância, sofrendo porque não vai poder ir ao seu casamento, sem contar que nunca mais te viu e nem sabe se voltará a ver um dia. Tudo indica que não. Você pode imaginar o que é isso? Nem sei mais se você ainda reparte o cabelo do mesmo lado, se continua a usar as palmilhas nos pés por causa daquele problema que a idade só faz acentuar, se finalmente arrancou aquele dente... Lembra que o dentista disse que seria aconselhável a extração, antes dos vinte e cinco anos?... Não. Enfim... Mas não quero trazer lembranças desagradáveis, quando sei que você deve estar radiante porque vai se casar, já tem duas crianças e com certeza outras virão, e todas vão falar japonês, e eu não vou poder conversar com nenhuma delas. Depois me mande um e-mail contando. Agora vou desligar porque preciso me acalmar. Um beijo."

Naquele instante, eu não concebia algo tão triste quanto não assistir ao casamento do meu próprio filho. Não era verdade. Eu concebia, sim. Laurinho ter morrido, sem socorro, em um quarto de hotel. Seria muito triste. Teria ele regressado à minha vida apenas para morrer? Medonho mesmo. Só me restava tomar um banho, e foi o que fiz. *Change de robe*. Meu pai contava ter assistido a uma peça de teatro em que depois de uma personagem ter sofrido uma série de desgraças e lhe perguntarem o que ela iria fazer, ela respondia que iria trocar de roupa. E saía de cena.

O telefone de novo. Agora tinha de ser ele. Tomara que seja Laurinho. Que eu não me torne uma viúva do meu passado, totalmente infeliz, são meus votos para mim mesma. Já tinha sido suficiente ter perdido todos da família, ter um único filho cada dia mais distante, o cachorro ter morrido de uma hora para outra... Tudo desaparecia com uma facilidade espantosa. A vida, como alguém já disse, é apenas um ato universal de solidão.

"Oi, Inês. Tudo bem, e você? Triste? Não... É impressão sua." (Minha avó chamava isso de "mentiras convenientes".) "Quais as novidades? Nenhuma? Ah, sim. É um homem muito agradável. Que bom que você gostou dele. Ele vai ficar feliz em saber. Sim, deve ir embora no fim de semana, vai esperar a mulher dele, que está chegando de Londres. Está bem, querida. Gostei muito de te ver no meu lanche-surpresa. Um beijo."

Todas curiosas para saber sobre o meu relacionamento com Laurinho. *Bocca chiusa*, Vivi, boca fechada, as coisas já estão indo muito mal para o seu lado.

E nada de Laurinho telefonar. Será que o perderia mais uma vez e para sempre? Se tivesse me ligado enquanto eu falava com meu filho e com Inês, teria tentado, depois, o telefone da minha casa; ele tinha o número. Neste momento ele podia estar caído ao lado da cama, o braço estendido tentando alcançar o telefone. Cena dantesca. Mas foi a imagem que me assomou. Talvez ele sofra de *angina pectoris*, a maioria dos homens sofre desse mal, parece que dói uma barbaridade, a dor vai escalando o peito até atingir os maxilares, trancando-os, sufocando o sujeito, e ele arroxeando, um horror! Algumas são fatais. Acabei chegando à conclusão de que Laurinho era a preocupação que me faltava.

Fui tomar banho levando comigo os dois aparelhos, como sempre faço: o telefone de casa, que é sem fio, e o celular. Como não ia lavar o cabelo, ficaria mais fácil atender, caso um deles tocasse. Torci para que não fosse na hora em que eu estivesse lavando o rosto. Uns dias antes, eu havia atendido com o rosto todo ensaboado, sem enxergar nada. E se eu ligar para Carlos Ozório e lhe perguntar como eu deveria proceder com aquele desaparecimento súbito de Laurinho? Mas que péssima ideia. A solução era mais simples do que eu pensava. Sempre tumultuo para em seguida encontrar a solução. Eu telefonaria para o hotel em que ele estava hospedado e pediria que ligassem para o quarto dele. Se Laurinho não me atendesse, eu perguntaria se ele havia saído. Se não tivesse saído, eu pediria que fossem até o quarto ver se tinha havido algum problema com ele.

Nesse instante, o celular tocou e, com o susto, me desequilibrei totalmente e quase escorreguei. Que seja você, Laurinho.

"Alô? Oi, Hilda. Estou no banho. Te ligo assim que sair. Um beijo."

Esperar ouvir a voz de Laurinho e escutar o gaguejar de Hilda mudou o ritmo da minha respiração. Que manhã! E à tarde a prima brasileira-romena dela ainda viria aqui em casa. Tinha ficado tanto tempo fora que desaprendera o português. Mas parecia que, mesmo não falando mais nada da nossa língua, tinha caído na farra e arranjado namorado.

Sabe Deus em que estado terminei o banho. Ficara de ligar para Hilda, e foi o que fiz. Nossos contatos telefônicos estavam parecendo os de Laurinho e Wanda...

"Bom dia, Hilda. O que houve pra você me ligar tão cedo? Mas já não tínhamos combinado tudo? Estou esperando vocês às três da tarde. Quem? Não sei se ele virá. Tenho a impressão que voltou para a Bahia. No momento não posso entrar em detalhes, Hilda, estou com aquela cólica que tenho desde menina, preciso me deitar de bruços para passar, senão a dor vai num crescendo insuportável e eu começo a envergar..."

Deitei já torta, mas só depois de ter tomado Atroveran. Santo remédio. Minha avó, um dia, quis construir um altar para ele. Já havia combinado tudo com um pedreiro, quando meu pai soube e a impediu. Como ela morava conosco, teve que acatar meu pai (que era seu filho). Por falar em avós, lembro de meu pai contar que teve uma avó que com oitenta anos consultava com frequência uma cartomante para saber o futuro. Devia ser uma espécie de disque-cartomante, porque ela não saía mais de casa. Meu pensamento se voltou para Hilda e concluí que não vinha sendo paciente com ela, embora eu já houvesse prometido a mim mesma mudar de atitude. Eu precisava ser mais perseverante em minhas decisões; acabava sempre voltando atrás.

Eu estava me vestindo, quando ouvi a campainha tocar lá embaixo. Quanto tempo se leva para abotoar um sutiã! Quem seria? Talvez o entregador da mercearia. As moças faziam pedidos frequentes na lojinha. Ouvi os passos ligeiros de uma delas indo abrir a porta. Em seguida, o tom abaritonado da voz de Laurinho. Fechei finalmente o sutiã, enfiei o vestido pela cabeça, penteei o cabelo com os dedos e, em uma fração de segundo, eu descia as escadas não mais como Vivien Leigh, e sim como Melanie, também de ... *E o vento levou*. Uma mulher doce, meiga e serena; me encaminhei para a porta. Quando atinjo os píncaros do desequilíbrio, volto ao ponto mais baixo, para em outro momento recomeçar. É uma labilidade...

"Bom dia, querida!"

Laurinho trazia nas mãos uma sacola pequena de uma loja conhecida.

"Onde você estava?", perguntei, como Melanie perguntaria. Suavemente.

"Eu me atrasei comprando um presente para você", explicou, tirando de dentro da sacola um embrulho pequenino que passou para as minhas mãos.

Era uma caixinha, e dentro dela havia um colar com duas voltas de pérolas delicadas e luminosas. Fantasia, naturalmente.

Abracei-o, agradecendo. Eu teria ficado ainda mais feliz se não tivesse certeza de que dentro da sacola havia outro colar, este para sua mulher. Certas atitudes me deixam mal, mas me contive. Meu pensamento, porém, continuou desgovernado. Podia apostar que o colar da mulher dele era igual ao meu. Homens não têm imaginação. E são todos uns sacripantas. Jamais poderia voltar à inocência que os anos não trazem mais...

"Gostou, querida?"

"Claro", respondi com os olhos úmidos.

"Você está chorando, Vivi?"

"Ando muito sensível", expliquei, sorrindo e enxugando as lágrimas no lenço que ele havia me oferecido.

Não queria ser tão porosa, mas tudo me atingia. Primeiro, uma raiva fulminante, que aos poucos cedia lugar à dor, a uma dor... Silenciei.

Tenho um descontrole próprio. Interessante, na época de Conrado ele não aparecia com tanta clareza.

Laurinho disse que o dia estava muito bonito e me convidou para dar uma volta. Espairecer. Como havia tempo para o almoço, fomos caminhar um pouco. Acho que ele percebeu que algo se passou comigo e quis me distrair. É muito perceptivo, além de ter outras qualidades, já mencionadas. Além disso, em qualquer idade exercício é fundamental. Muito agradável dar o braço a Laurinho e sair pelos Jardins, conversando e contemplando as casas do bairro. Caminhamos bastante, sem pressa, acompanhando o ritmo do dia. E o que tinha de mais ele ter comprado para a sua mulher um presente igual ao que me dera? Amor é aquele que dá presença. Era o que eu vinha recebendo dele. Isso é o que importa. Querer mais é perder isto e ser infeliz... Palavra de poeta.

Quando chegamos, uma das moças veio à sala para saber se o senhor Laurinho também iria almoçar.

"Claro, não é, Laurinho?"

"Com prazer", ele respondeu.

Ao nos sentarmos à mesa, ele pediu licença e depositou na cadeira ao lado a sacolinha com o colar de Wanda. Por pior que ela fosse, também merecia ganhar um colar. Resolvi não dizer nada, achei por bem deixar Wanda curtindo sua temporada europeia. Aproveitando que estaríamos a sós, decidi falar sobre nós, esclarecer minha preocupação. Sempre achei melhor ser direta.

"Sabe, Laurinho, estou muito preocupada com o dia em que formos para a cama. Por causa do seu coração."

Pensei também em perguntar se, depois da cirurgia cardíaca, ele tivera relação sexual com sua mulher ou com alguém mais. Pensei, mas não perguntei. Bastava o que eu havia dito. Laurinho sorria e, esticando o braço sobre a mesa, alcançou minha mão e acariciou-a.

"Não se preocupe, Vivi. *Pas de santé, pas d'amour.* Não é o nosso caso", disse ele.

"Como não é para eu me preocupar?", insisti.

A moça entrou na sala com a travessa da salada. Me calei. Laurinho balançava a cabeça e sorria, continuando a acariciar minha mão. Quando nos vimos sozinhos de novo, dei sequência:

"Dizem que quando o homem atinge o clímax é perigoso para os que sofrem do coração, porque a pressão aumenta e... Faz sentido, não é?"

Ele ainda sorria, enquanto eu pensava se lhe contava ou não o episódio fatídico que acontecera com o amigo de meu pai. Não, não convinha. A hora não era apropriada.

"Tranquilize-se, Vivi, já conversei com meu médico."

A moça voltou, perguntando se queríamos suco ou refrigerante.

Não lembro o que respondi, estava agoniada com o assunto.

"Eu também tenho problemas, Laurinho", resolvi dizer.

"E quais são, querida?"

"De coluna. Volta e meia travo e não consigo me mover."

Ele nem piscou com o que eu disse. Continuei:

"Uma vez acordei e não conseguia me levantar da cama. Dei um grito tão alto, a ponto das moças aqui de casa aparecerem correndo no quarto, calcule você. Conrado acordou assustado e tentou me ajudar. Em vão. Ninguém podia tocar em mim. Só deles chegarem perto de mim, já doía. Então me lembrei de um dia em que tive uma fissura na costela, aliás, em duas costelas, e do médico me dizendo que, se eu encontrasse dificuldade para levantar da cama, que tentasse sair rolando feito um lápis. E foi dessa forma que consegui. Ouviu, Laurinho?"

"Não vai se repetir", disse ele. "Além do mais, querida, o que é feito com amor só faz bem."

A moça reapareceu com os pratos quentes. Resolvi encerrar o assunto e retomá-lo em outro momento. Achava que ia precisar lhe contar a história do amigo de meu pai. Só de imaginar que uma coisa daquelas pudesse acontecer comigo... Como eu me haveria em tal situação? Além disso era o tipo de coisa que se transformaria em assunto de polícia. Comecei a pensar que deveria deixar um advogado de sobreaviso, para, se fosse o caso, entrar em ação. Naquela hora não me vinha nenhum nome. Conrado se lembraria. Nessas horas Conrado...

"Depois do cafezinho vamos assistir à sétima sinfonia de Bruckner? Eu trouxe o DVD", disse Laurinho.

"Vamos, sim, querido."

Achei que devia ser a tal sinfonia de que ele havia me falado, se eu não estava enganada, quando tínhamos ido levar as cinzas de Conrado ao Farol da Barra. Laurinho tinha paixão por essa música, já dissera que era sua preferida.

Nesse momento, meu celular tocou. O aparelho estava ao lado de Laurinho, que o passou para mim. Vi o nome de Ana na tela. Minha amiga astróloga.

"Tudo bem, Ana? Tudo. Quer dizer, mais ou menos, nesses últimos dias não tenho conseguido escrever. Tem sido uma coisa atrás da outra. E você? Agenda cheia, como sempre?" Pisquei para Laurinho. "Tem novidades pra mim? Ah, é? Não, eu não sabia. Tenho sentido um pouco. Agora não vamos poder conversar porque estou com visita. Vamos combinar um dia desses? Ótimo. Um beijo, querida."

Ana tinha me dito que minha Lua estava bombardeada, que eu devia ir com cuidado nos relacionamentos... Ainda bem que interrompi o telefonema. Bastou para que eu ficasse impressionada, se bem que ela era bombástica nas interpretações, tinha clientes que saíam chorando de suas consultas. Não comentei com Laurinho o que ela tinha falado. E enquanto eu conversava com Ana — se bem que não foi propriamente uma conversa —, ele tinha me indagado, com gestos, se podia arrumar meus CDs. Claro, eu sorri, levantando o polegar. Mal terminei de falar, desliguei o telefone. Laurinho perguntou se poderia pôr o DVD.

"Sim, querido. Vamos desligar os celulares. E vou ligar a secretária eletrônica do telefone aqui de casa, para não sermos interrompidos."

O celular dele já devia estar desligado, porque Laurinho nem fez menção de pegar o aparelho. Nos acomodamos no sofá e uma bela sinfonia invadiu a sala. Visivelmente feliz, vez ou outra Laurinho levantava os braços para reger. Gosto muito de música clássica, mas entendo pouco dela. Ele é um expert. Lá pelo meio da sinfonia, escutei um chiado ao qual não dei importância, porque achei que fosse algum defeito do DVD. Como o chiado prosseguia, apurei os ouvidos até perceber que o som não vinha do DVD, e sim de Laurinho. Do *peito* dele. Interrompendo nossa sessão musical, perguntei:

"Que chiado é esse? Está ouvindo?"

"Uma leve sibilância, querida. Não dê maior importância. Ouça que belo trecho..."

Sibilância?...

Nesse instante, a campainha tocou, interrompendo meu pensamento. Vi com o canto do olho uma das moças correr com passos miúdos para abrir a porta e Hilda entrar acompanhada de uma mulher enorme. A romena Sofia chegava. Parece até que conseguira a cidadania romena. Por que meios? Não perguntei. Deixemos Raluca de lado. Abaixando o som do DVD, Laurinho mostrou-se ligeiramente contrafeito com a interrupção do programa, mas no mesmo instante levantou-se e me acompanhou até a porta, onde as duas haviam estacado. Ele é um homem educado, polido, um gentleman. Sei que já fiz essa observação e que continuo a me repetir. Talvez vá ser assim para sempre.

Beijei Hilda, e ela, apontando Sofia, disse:

"Sofia Ra-ra-raluca."

Estendemos a mão para cumprimentá-la.

"*Ce mai faci? Am ramas surprina as aflu Ca vorbesti românește. Chia e adevarat?*"

"Sim", respondi, sorrindo.

Ela também sorria. Precisei tomar uma atitude rápida, já que Hilda e Laurinho ficaram sem ação. Sei lidar com o inesperado por causa de um parente excêntrico, digamos assim, que nos visitou certo dia quando eu ainda morava com meus pais. Neste dia ele foi almoçar em nossa casa e, sem que ninguém esperasse, a certa altura, rindo, começou a jogar os long-plays de papai pela janela. Meu pai, com as mãos para o alto, tentava inutilmente salvá-los. Vive-se de tudo. Mas voltando à visitante romena: peguei-a pela mão (me senti conduzindo um urso), pedi licença a Hilda e Laurinho e a conduzi até o computador, no andar de cima. A romena era descomunal, não apenas gorda, mas grande, ampla. Devia pesar cem quilos. E tinha uma expressão alegre; devia ser feliz em ser ela mesma. Assim que entramos na saleta onde ficava o computador, indiquei-lhe uma cadeira e puxei outra para mim. Acessei o Google, ela sorriu, devia conhecê-lo, e pedi que repetisse em inglês o que havia dito em romeno assim que chegou. Lembrei que Hilda tinha dito que ela sabia um pouco de inglês. Hoje em dia todo mundo fala ou entende inglês. Sofia não podia ficar para trás, tanto que me entendeu, repetiu o que dissera em inglês e eu digitei, pedindo ao Google tradução para o romeno. Na tela, apareceu:

"Como vai? Fiquei surpresa em saber que você fala romeno. É verdade mesmo? Podemos falar em romeno?"

"Quem lhe disse isso?", perguntei.

Ela riu, batendo os pés no chão. Que dentões, tinha a romena... E que dedos gordos... das mãos e dos pés. Calçava uma sandália com umas tiras largas, coloridas, e um solado de borracha branca, que devia ser da Romênia, pois eu nunca tinha visto coisa semelhante por aqui. Enquanto eu me distraíra com sua figura, Sofia digitou que havia muitos anos, quando era bem jovem, viera ao Brasil a passeio, com uma amiga. Assim que terminou de digitar, puxou de dentro da bolsa uma fotografia antiga de uma bela moça europeia que lembrava Silvana Mangano em *Arroz amargo*. Impressionante, a devastação que Sofia sofrera ao longo dos anos. Ainda sorrindo, disse que conhecera meu marido quando estivera aqui. "O Conrado? Onde?", perguntei. Deflagrou-se em mim um silencioso alvoroço. Contou tê-lo conhecido em um café na cidade, quando precisou ir com sua amiga ao consulado. Teria sido ela a moça da qual Conrado se enamorara? Sim, porque qualquer homem se encantaria com aquela garota da foto. Perguntei quanto tempo durara sua primeira visita ao nosso país, ela revirou os olhos tentando se lembrar e terminou por digitar alguma coisa que foi traduzida para "quinze dias". Coincidia com o tempo que durara o nefasto episódio! Naquela época Hilda e eu nos conhecíamos apenas de vista. E, mesmo depois que nos tornamos amigas, preferiu não me contar sobre sua prima e Conrado. Oportunidades não faltaram. E aqui o leque para especulações torna-se amplo. Convém, no entanto, não abri-lo, é uma história encerrada. Principalmente depois da morte dele. Decidi não fazer mais perguntas. Tudo tinha um fim. Conrado já tivera o seu.

Mal eu havia acabado de concluir tudo isso, já estava pensando diferente: não, não fora Sofia... Ela não teria vindo à minha casa para me dizer que havia conhecido meu marido. Ninguém chegaria a tanto. Eu devia estar querendo construir outra história... Convidei Sofia para voltarmos à sala; esperavam por nós. Ao chegarmos lá embaixo, encontrei Hilda e Laurinho conversando animadamente. Assim que Hilda avistou Sofia, acenou para que fossem embora.

Depois que as duas saíram, Laurinho e eu voltamos a assistir ao DVD. Enquanto ele se ocupava em colocá-lo, meus olhos fixaram-se nos três macaquinhos da sabedoria que eu tinha em uma das prateleiras da sala: o que não escuta, o que não enxerga e o que não fala.

14.

Quando terminamos de assistir ao DVD, Laurinho me pediu um café. Ele adora café, principalmente acompanhado de um bolinho. A todo momento eu pedia que uma das moças de casa trouxesse uma xícara para ele. Quente, como ele fazia questão de ressaltar. Naquele dia, depois de virar a xícara, sorvendo o líquido com grande prazer, ele se levantou. Tão bonito seu jeito de se movimentar... Ainda não comentei sobre isso nele. Aprecio homens de gestos lentos.

No momento de nos despedirmos, senti que alguma coisa iria acontecer. E aconteceu. Na porta de casa, ao nos abraçarmos, e Laurinho colar seu corpo ao meu, percebi sua respiração ficar pesada, sua expressão se modificar bruscamente. Jamais imaginei que ainda era capaz de deixar um homem naquele estado. Então, sem me dar conta, assumi um comportamento coquete, cheio dos trejeitos de outrora. Ridícula, sem dúvida. "Coquete" é uma expressão antiga, como tantas que ainda uso, e designa uma mulher que gosta de despertar a admiração de um homem apenas pelo prazer de seduzir. Conrado e eu não tínhamos relação sexual havia muitos anos nem tocávamos nesse assunto. Na última tentativa que fizemos... Não, ele não gostaria que eu contasse essa história, não devo ser indiscreta. A verdade é que o sexo foi banido de nossa vida e também de nossas conversas. Caíra em exercícios findos, tornando-se um tabu. Como antigamente. Dura repressão imposta por Conrado, sobre a qual ele não aceitava dialogar. Concordei com essa morte. Até reencontrar Laurinho e o assunto renascer. O passado nos espera no final?

Mas voltando à surpreendente cena... Laurinho ofegava e, me beijando, propôs que fôssemos a seu hotel no dia seguinte. Queria me ter só para ele, disse. Como se alguém mais me tivesse. Talvez ele quisesse evitar aquele vaivém de amigas na minha casa. Contou que precisava voltar a Salvador no sábado, mas que antes queria me ter. E bafejou palavras que fazia muito tempo eu não ouvia — que subiram quentes pelo meu pescoço —, pedindo que ficássemos juntos como antigamente. Hotel. A palavra martelava na minha cabeça. Ele continuava murmurando coisas, me espremendo contra seu corpo, enquanto meu vestido hesitava em suas mãos. A cena que se desenrolava no portão de casa ia num crescendo, nos arriscávamos a ser vistos por outras pessoas. Nesse instante, disse que iria a seu hotel no dia seguinte, concordei com sua proposta; precisei repetir algumas vezes para que ele escutasse. Fim da *folie à deux*, da nossa loucura a dois.

A temida e desejada hora. Eu nunca fora a um hotel para isso. Quando conheci Conrado e ele me fez proposta semelhante, um amigo dele nos emprestou sua casa, para que a usássemos enquanto ele estava no trabalho. Tempo da afobação. Medo e correria. Sexo é uma ideia fixa na cabeça dos homens tão logo conhecem uma nova mulher e a desejam. Porém, a urgência do desejo, com o passar do tempo, cede aos poucos, sem que percebamos — sobretudo nos casamentos, onde já se deu a conquista, intento tão caro aos homens —, esmorece lentamente, até se despedir de vez, nos deixando a sós. E não há o que a faça voltar. Na velhice, então, o desinteresse é total, como se o sexo não fizesse mais parte da vida. Como se fosse algo anacrônico. Corpos que nada mais significam senão matéria. Para serem tocados apenas pelo vento e, no pior dos casos, pelos médicos, talvez por isso algumas mulheres se consultem tanto. Deve ser o caso de Hilda. No entanto, o que eu estava vivendo demonstrava o contrário. Salva por Laurinho. Breve, a ressurreição do corpo — a vida.

Ao envelhecermos, a criança que fomos se exterioriza. Para muitos, ela se manifesta ao longo da vida — pessoas que não abrem mão de uma vida infantilizada; outros, como nós, aguardamos o ocaso. O poente, se acharem mais bonito. O amor nos levará aos nossos passos de crianças? Eu era a sua fome de menino? Tudo isso eu pensava enquanto nos despedíamos sofregamente. Pensei também ouvir a voz de mamãe: "Entra, Vívian! O que tanto vocês conversam aí no portão?".

"Estamos combinados, querida? Passo amanhã à tarde para te buscar. Ligo antes de vir. Fica bem assim para você?"

"Claro, querido."

Por outro lado, eu pensava em qual de nós morreria primeiro ou, no mínimo, passaria mal primeiro. Mas não disse nada. Eu continuava outra: coquete. De repente, começou a garoar. Em seguida, a chuva caiu mais forte. Laurinho me deu um último beijo e foi embora, se voltando para mim e sorrindo várias vezes. Por pouco não o vi cantando e sapateando na chuva...

Eu tinha enlouquecido? Nós dois tínhamos enlouquecido? Mas não era o que eu imaginava que aconteceria se nos reencontrássemos? Findo o delírio, caí das nuvens. Coquete... Um momento insano, convenhamos.

Ao fechar a porta de casa, ouvi o celular tocando. Quem estaria ligando àquela hora? Só podia ser Hilda.

"Alô? Oi, Hilda. Ah, é? Que bom que ela gostou. Foi muito agradável, sim. Sua prima é muito simpática. Vamos nos falar amanhã de manhã? Estou com um pouco de dor de cabeça, precisando ir me deitar. Não estranhe, Hilda. Está tudo bem. Sem novidades. Está, está bem. Um beijo."

Hilda sondando, me controlando, com a desculpa de agradecer a boa acolhida que eu dera à prima dela. Voltara a ser como antes, curiosa, delicada, atenciosa e... ardilosa. Com essa Hilda eu me acostumara a conviver. Que mal a viagem à Bahia tinha lhe feito. Ela não passa mesmo bem quando viaja. Coitada, quanto sofrimento. Minha mãe teve uma amiga que se recusava a entrar em carros, portanto era difícil ela sair de casa. A única vez que concedeu acompanhar o marido a um jantar, ele bateu o carro. Mas eu falava de Hilda, que, mesmo com toda a sua fobia, manteve-se firme na Bahia. Ela disse que Sofia havia gostado muito de conversar comigo e esperava retribuir quando eu fosse à Romênia. Romênia.

Eu me sentia exaurida. Aquele fim de dia exigira muito de mim e, pelo visto, no dia seguinte não seria muito diferente; apenas a exigência ia ser de outra natureza. Na verdade, eu poderia lançar mão de várias desculpas para desmarcar nosso encontro, mas Laurinho não se conformaria com nenhuma delas e se entristeceria. Eu disse alto para me animar, enquanto subia a escada: *allez!*, Vívian. Lembra do que o médico disse?

Deitei-me logo, não ainda para dormir, mas para pensar; eu tinha alguns assuntos atrasados para repassar. Entre eles, meu relacionamento com Hilda, o que me faz indagar: por que eu insistia em ver nela a minha mãe? Cheguei a uma conclusão rápida: simplesmente porque ela exercia o papel no qual minha mãe fora incansável: o de controlar totalmente minha vida e meus atos. No caso de mamãe, só fui liberada quando me casei com Conrado, que imediatamente assumiu o posto. Trocou a guarda com ela. Não à toa me senti descontrolada com a morte dele. Será que, sem perceber, eu teria escolhido Hilda como minha próxima guardiã?

Dormi sem nem perceber. Foi bom, porque eu iria precisar mesmo de forças para enfrentar o dia seguinte e o alvoroço que se instalaria.

Milhares de japoneses jogavam escravos de Jó em um pátio a perder de vista. Eu não conseguia encontrar a família onde meu filho estaria preso, porque os japoneses eram todos iguais. Nesse momento, surgiu um avião que me mandou agarrar-me a ele para que ele me levasse ao Japão e lá eu me casasse com o imperador do frevo e do maracatu. Em seguida, eu estava em uma boate, e a próxima garota a se despir na frente do jacaré seria eu. Aleguei que tinha uma síndrome e uma menina apareceu e deixou os braços dela comigo.

Acordei e ainda estava escuro. Na hora não me lembrei do que tinha sonhado. Bebi dois goles de água do copo que todas as noites levo para o quarto e voltei a dormir.

Na hora do café, o sonho me voltou à lembrança. Japoneses jogando escravos de Jó? Jogo de japonês. São meticulosos, amantes dos detalhes, da precisão. Não, esses eram os chineses. Eu seria uma péssima analista. Paciência de Jó é a que eu tenho com Ozorinho. Bem, avião e Japão eram óbvios demais. E o imperador só podia ser o meu querido Laurinho. Desprezemos o frevo e o maracatu. Síndrome fatalmente é a de abandono. Até porque é o que nunca nos abandona — o abandono. E a menina que aparecia no final me dando os braços dela? Seria eu de braços estendidos para Laurinho?

Quando eu me encontrava nesse grande esforço analítico, meu celular tocou. Hilda, claro. Batendo o ponto.

"Ozorinho! Que surpresa, meu filho! Estava pensando em você. Já voltou para Paris? E como foi o casamento? Rápido, é? Ah, tem compromissos na faculdade ainda essa semana... Entendi, claro, por isso você não quis que eu fosse. Não, não estou chateada. Claro que não. Fiquei profundamente triste, mas já passou, você sabe como eu sou. Está feliz, filho? Estou, estou bem, sim." (Imagina se meu filho soubesse da minha programação para aquela tarde. De certa forma, estávamos ambos em lua de mel.) "Sejam felizes, é o que eu desejo. Tem uma criança gritando aí. É assim? Está bem. Antes de desligar, preciso te contar uma coisa que vai te deixar muito triste. Sofro tanto quando tenho que te dar uma notícia ruim, meu filho... Já vou dizer, espera. Foi o seguinte: apesar de eu ter feito tudo que estava ao meu alcance, tudo mesmo, viu, Ozorinho, acredite... já vou contar: o Happy morreu. Desculpa, meu filho, estar te dizendo isso, te trazendo essa tristeza, mas eu também fiquei arrasada. Ele era tão querido, não é mesmo? Mas procura não se entristecer, meu filho. Por que não diz alguma coisa, Ozorinho? Quer ficar quieto, não é? Entendo. Você sempre foi assim. Igual ao seu pai. Mas lembra que sua mãe te ama, viu? Nunca se esqueça disso. Estou sempre aqui, pensando no melhor pra você. Fique bem. Um beijo grande, meu filho. Não me deixe muito tempo sem notícias. Tchau, querido."

Ah, meu Deus, como isso me faz mal... Dar uma notícia dessas para o meu filho. E ele ficou lá, sozinho com a notícia. A moça tinha ido à manicure. Coitado do Ozorinho. Sempre foi assim, sofre quieto. Tem gente que faz tanto alarde... E as crianças gritando, e ele tentando estudar. Que vida sacrificada. Quanto empenho. Que luta.

Fiquei na dúvida se tomava banho antes ou depois do almoço. Banho sempre me renova o espírito. Achei melhor deixar para depois, mais próximo da hora de eu me encontrar com Laurinho. A hora H, como diria meu pai. Hilda ainda não tinha telefonado, estava atrasada. Ou será que iria aparecer em casa? Decidi ir trabalhar no meu livro. Era o melhor que eu tinha a fazer.

Escrevi sobre a minha festa de quinze anos e em seguida me preparei para descrever uma passagem anterior a ela. Eu, trocando tempos. (Lembrei de já ter escrito essa frase em um dos meus romances.) Que importância tinha essa troca de tempos? Ia voltar ao trabalho, quando meu celular tocou. Com certeza era Hilda.

Engano. O que terá acontecido com a minha boa Hilda? Bem, ao trabalho!

Eu estava no ginásio e a sineta havia batido. Saía do colégio junto com minhas colegas, quando, de longe, vi Laurinho do outro lado da rua, atrás de uma das árvores da calçada, fazendo sinal para que eu me aproximasse. Me despedi das meninas e fui correndo me encontrar com ele.

O que você está fazendo aí?

Vamos.

Onde, Laurinho?

Vem.

Saímos andando apressados, quando de repente ele entrou num prédio e me levou para a escada.

Deita, Vivi.

No degrau?

O que é que tem?

Dói.

Anda, Vivi.

Deitei. Laurinho logo começou a me beijar e, em seguida, enfiou a mão debaixo da saia do meu uniforme, tentando abaixar minha calcinha.

Para!, eu disse, assustada.

Nesse momento, um casal vinha descendo a escada. Assim que Laurinho viu os dois, me puxou pela mão e saímos correndo.

Eu acreditava que Laurinho não estava avaliando com a devida atenção o que íamos fazer. Agia impetuosamente, como se fôssemos ainda aqueles dois jovens, esquecendo que o corpo envelhecido oferece maior resistência aos impulsos. Um casal de setenta anos, ele com mais de setenta e eu com menos. Já comentei várias vezes sobre isso, mas é de capital importância esse comentário, porque arredonda-se conta, não idade. Bem, continuando: um casal que se reencontra — nunca é demais frisar que se tratava de um reencontro — e que se dispõe a uma relação sexual de alta periculosidade em idade avançada — também nós fazemos parte de um grupo de risco — é sério. Até porque o erotismo se modifica com a idade e, na nossa, desvanece com uma facilidade espantosa; a imaginação não se sustenta por muito tempo. No envelhecimento já nos acostumamos a encontrar formas substitutas de prazer, algumas compensadoras, por sinal.

Será que ainda daria tempo de conversarmos? Não que eu não quisesse ir, até já estava preparada para o ato, mas acreditava que precisávamos conhecer nossos limites. Óbvios, a meu ver. A quem eu estava querendo convencer? Ou estaria decorando um texto para despejá-lo no caminho e estragar tudo? Conheço uma mulher, jovem ainda (está na casa dos cinquenta, portanto jovem no meu entender), que foi a um encontro com um senhor (também era um senhor) e, ao chegar, disse que achava que o marido a seguira. Adeus, amor.

A vida por vezes recua, nos levando até o tempo dos começos, ao nosso verdor. Então ressurge o despreparo. Temos sempre dez anos. Queria tanto poder partilhar com alguém o que estava me acontecendo. Quem poderia ser? E se eu contasse para Hilda? Se bem que ela está cansada de saber. Não o que iria acontecer, mas o envolvimento que existia entre mim e Laurinho. Não, não queria dividi-lo com mais ninguém. Bastava Wanda.

"A tampa do fogão está caindo, dona Vívian. E ele também não está bom, acho que precisa trocar", disse uma das moças, entrando na sala.

O que se troca nessa casa... Era nesses momentos que sentia falta de Conrado. Muita falta.

"Está bem, já estou informada. Vou telefonar para o técnico."

"É melhor comprar um novo."

"Podemos resolver isso amanhã?"

"Claro, dona Vívian."

"Então está bem."

Fim do primeiro imprevisto.

Escutei o celular. Agora sem dúvida era Hilda. Devia ter se atrapalhado com alguma coisa na parte da manhã.

"Alô, querido. Tudo bem? Sei. Está bem, claro. Não, de jeito nenhum. A que horas você vai passar? Às quatro, quatro e meia, está bem. Você me telefona antes de vir? Está bem. Um beijo."

Segundo imprevisto: Laurinho tinha ligado para avisar que teria de fazer uma compra para enviar a Londres ainda naquele dia. Wanda devia ter imaginado que o marido andava muito solto em São Paulo e resolvera lhe arranjar uma tarefa. Além da compra, que sabe-se lá o que poderia ser, ele depois precisava ir aos Correios para despachá-la. Desembargador, carro com motorista, será que ele não tinha uma secretária que pudesse fazer isso em Salvador? Com certeza Wanda fizera questão de que fosse Laurinho a se encarregar disso, para mantê-lo ocupado. Transtorná-lo um pouco. Não lhe dar trégua. Como eu nunca tinha feito esse tipo de coisa com Conrado, estranhava muito tudo aquilo.

Outra vez o celular. Não vou mais pensar que é Hilda, combinei comigo mesma.

"Alô? Sim, ela mesma. Quando puder, darei uma passada aí. Obrigada por ter avisado. Um abraço. Deixe um abraço para a Sônia."

Era da loja de roupas onde, vez ou outra, eu fazia compras. Ligaram para avisar da chegada da nova coleção. Sônia era a gerente e eu a conhecia havia vários anos. Um amor de pessoa.

Uma das moças apareceu na sala para dizer que o homem das cortinas queria saber se poderia vir colocá-las.

"De jeito nenhum!", exclamei, enfática, e ela se assustou. Mas eu também me assustara. Imaginei o homem dependurado aqui o dia inteiro...

Esperava que tivesse sido o último imprevisto!

Voltei a me lembrar de Hilda. O que teria acontecido com ela? Seria mais um dos meus imprevistos?

Mas no que eu devia pensar, e só nisto devia concentrar a atenção, era que um desejo antigo tentava se realizar. E eu, sua súdita, precisava ser paciente, porque nada o demoveria.

Em poucos minutos, a mesma moça viria me avisar que o almoço seria servido. Pensei em tomar meu banho, mas depois lembrei que Laurinho ia se atrasar, portanto talvez fosse conveniente tomá-lo um pouco mais tarde. Ah, mas eu já havia pensado em tomá-lo à tarde!, me lembrei de repente. Estava sem pouso dentro de casa. Enquanto o almoço não saía, decidi voltar ao computador. E foi o que eu fiz.

Encontrei um e-mail de Laurinho. Tão querido, sempre. Sugeria que, enquanto ele não chegasse, eu escutasse no YouTube "La Chanson des vieux amants", com Jacques Brel. Essa eu conhecia, e amava!

Será que havia acontecido alguma coisa com Hilda e ninguém tinha me avisado? A família dela era tão estranha... Ah, talvez a sobrinha dela tivesse tido o bebê. Mas já estava na hora? Pelo que Hilda dissera, não.

O almoço foi para a mesa. O melhor era que eu comesse pouco, como, aliás, já fazia havia vários anos. Uma tristeza. E talvez fosse aconselhável comer menos ainda. Ou mesmo me privar da refeição. Quem sabe assim eu adquiriria mais mobilidade? Fundamental para o que me propunha. Pouca alimentação é sempre recomendável. Estômago vazio talvez fosse mais recomendável ainda. Perder peso é a ladainha de todos os médicos. Para aquele dia eu havia pedido um franguinho grelhado com brócolis e uma salada verde. Nada mais inofensivo. Estava bom. Melhor do que ir sem nada no estômago; eu poderia me sentir fraca demais e não conseguir me mover na hora que fosse preciso.

O celular tocou. Não estava mais esperando que Hilda telefonasse; ela devia estar em plena faina. Como gostava, aliás. Baseada em que evidência eu chegara a essa conclusão?

"Alô? O que foi, querido?" (Ele também devia estar nervoso.) "Você está nos Correios? Está tendo dificuldade para despachar a encomenda? Muita burocracia... Sim, é o que temos. Hein?" (Ri da observação que Laurinho fez sobre um dos funcionários.) "E eles são muitos... A encomenda é grande?" (Deve ser uma bicicleta. Mas não há bicicletas em Londres?) "E tem que ser hoje? Está bem. Eu te espero. Tomara que corra tudo bem. Um beijo."

Laurinho disse que havia encontrado um atormentador do gênero humano no funcionário dos Correios. Estava penando para despachar a tal encomenda para Londres. Wanda o ocupava integralmente e ele tentava satisfazê-la, sem saber ainda que era uma tarefa impossível. Tinha ficado de me dar notícias e eu torcia para que fossem boas. Seu telefonema poderia ser o imprevisto que poria tudo a perder. Como era difícil a realização de um desejo insolúvel havia décadas...

Depois do cafezinho do almoço, eu iria escutar "La Chanson des vieux amants" — viria a calhar.

Não conseguia me concentrar. Não era para menos. Aquilo não seria um encontro; seria um presente do amor. A vida já ia fazendo a curva quando nos encontrou pelo caminho. Felizmente! Decidi tomar meu banho, enfim. Não antes de pegar os dois telefones. Tomo banho sempre de porta aberta, para o caso de algum imprevisto. Também aviso às moças quando vou para o chuveiro. Poucos lugares oferecem tantos perigos. Já soube de quedas fatais no banheiro. Uma amiga minha, por um triz, não ficou sem uma orelha. Ela perdeu o equilíbrio, escorregou, e a orelha acabou prensada entre a porta e o batente. Cheguei a vê-la azul. A orelha, claro. Pedi a Deus que, se eu tivesse que cair de novo, não fosse naquele dia. Até porque mais um tombo e eu não me ergueria jamais. Meu pai dizia que para levantar minha avó (sua sogra), caso ela fosse ao chão, somente grua. Meu pai. Como eu estava nervosa... Não quis tomar um tranquilizante porque não pretendia ficar lerda.

O celular estava tocando. Ainda bem que eu ainda não tinha entrado no banho.

Era Laurinho mais uma vez (devia estar nervosíssimo), para dizer que havia conseguido despachar a encomenda. E que viria me apanhar às quatro e meia. Telefonaria quando o táxi estivesse próximo à minha casa. É de uma pontualidade espantosa. Assim que ele desligou, senti uma agulhada do lado esquerdo da cabeça. Sintoma antigo. Meu analista dizia que era a forma de eu reagir ao envolvimento. Numa das últimas vezes em que me queixei dessa agulhada, me chamou de Hugo. "Hugo!?", perguntei. Ele apertou um sorriso entre os lábios. O que tinha sorrir? Desse dia em diante volta e meia eu me referia ao episódio do "Hugo", mas ele jamais emitiu uma palavra a respeito. Fechou-se em seu silêncio. Passado algum tempo tive "alta" da análise. "Alta." Saí acompanhada de meu sintoma. Antigo...

Pensei em lavar o cabelo com meu xampu habitual. De repente tinha me lembrado de um dia, eu era jovem ainda, em que cortei o cabelo e não sabia o que fazer com aquela cabeça. A tarde não era adequada para experimentações. Melhor eu manter meu xampu de todos os dias. O perfume, eu já sabia qual usar, a roupa também, felizmente. Iria de branco. Eu tinha uma roupa branca e bonita que ainda não estreara. Surgira a oportunidade. O sapato, o de sempre, por causa de um problema de difícil solução, se não impossível, que eu tinha na sola de um pé. Não havia palmilha que desse jeito. Mas Laurinho não haveria de reparar logo no sapato... Meio banho já se foi. Meia agulhada também.

Pronta. Banhada, vestida e perfumada.

"Estou bonita, espelho meu?", perguntei diante dele, dando um retoque final.

Por último, olhei ao redor do quarto, para ver se não estava me esquecendo de nada.

Desci vagarosamente a escada para que não fosse surpreendida por um revés. Mesmo assim tropecei no final, e quase não consegui me reequilibrar. Gelei, até respirei diferente. Fui ouvir música. Me deitei no sofá e fiquei imóvel. Como sou agitada, achei conveniente permanecer em repouso, em relaxamento total até Laurinho chegar, até porque muitos movimentos ainda me aguardavam. Sou agitada e temerosa. Ou serei temerosa porque agitada? Combinação conflitante. Ouse, Vívian, é o que você espera de você, eu disse a mim mesma. Mas ouse mais tarde.

Súbito brotou em mim a determinação de Constance, personagem de *O amante de Lady Chatterley*, que se apaixona pelo guarda-caça, o qual trabalha para o seu marido. E parte em busca dele. "Precisas nascer de novo! Creio na ressurreição do corpo! A não ser que o grão do trigo caia em terra e morra, germinará. Quando o açafrão florir, também emergirei e verei o sol!" Li esse livro quando jovem, escondida dos meus pais. O livro continha cenas explícitas de sexo. Por isso mesmo quis lê-lo. À espera de Laurinho sentia uma intensa ebulição interna. Sentia-me forte e frágil. Meu corpo era demais para mim. Ouvi o celular tocando, me levantei para atendê-lo. Lembro de ter pensado que só podia ser Laurinho avisando que já estava por perto e que em breve estaríamos juntos. Tudo me levava a ele.

"Alô, Hilda?... O que aconteceu? Ah, foi fazer compras para sua sobrinha-neta. Imaginei. Não. Vou sair. Ainda não sei." (Ela disse que estava me achando diferente.) "É, tem razão. Só que agora não tenho tempo e, além do mais, não preciso ficar me justificando, não é? Não estou sendo indelicada, Hilda." (O telefone de casa tocou e uma das moças veio me avisar que era seu Laurinho.) "Apenas não estou com tempo para responder as suas perguntas. Um momento, preciso atender o outro telefone, deve ser o Ozorinho." (Tentei desviar o pensamento dela em Laurinho.) "Já volto", eu disse, me afastando para atender o telefone.

"Alô, Laurinho. Você está chegando?"

"Já estou perto da sua casa. Espero você lá fora."

Voltei a falar com Hilda no celular, enquanto pegava minha bolsa e me encaminhava para a porta. "Amanhã conversamos, está bem, Hilda? Não sei a que horas vou voltar hoje... Sinto muito, mas não vou lhe dar satisfações. Estou tentando dá-las a mim. E se for?" (Ela perguntou se eu ia sair com Laurinho.)

Nesse momento, de porta aberta, vi o táxi chegando. Me sentia afogueada e meu peito devia estar repleto de placas vermelhas. Já fiz referência a esse efeito do nervosismo. "Preciso desligar, Hilda." Enquanto caminhava ao encontro de Laurinho, ia acenando para ele. "Agora vou ter que desligar." Laurinho já abria a porta do carro para mim. "Está bem, mas tenho que desligar mesmo..." Hilda não me ouvia e continuava falando. Desliguei o celular. Laurinho me estendeu a mão.

Sou uma senhora, não propriamente idosa, mas uma senhora.

ESTA OBRA FOI COMPOSTA EM ELECTRA PELO ACQUA ESTÚDIO E IMPRESSA
PELA PROL EDITORA GRÁFICA EM OFSETE SOBRE PAPEL PÓLEN SOFT DA SUZANO
PAPEL E CELULOSE PARA A EDITORA SCHWARCZ EM SETEMBRO DE 2014